Diogenes Taschenbuch 24322

Erich Hackl

Dieses Buch gehört meiner Mutter

Diogenes

Die Erstausgabe
erschien 2013 im Diogenes Verlag
Umschlagillustration:
Werner Berg,
›Blühender Kirschbaum – Ursi – Schiffszimmerleute‹, 1934

Auf Wunsch des Autors folgt dieses Buch
der alten Rechtschreibung

Veröffentlicht als Diogenes Taschenbuch, 2015

www.diogenes.ch
60/15/852/1
ISBN 978 3 257 24322 2

Geschichten werden nicht erfunden.
Sie werden vererbt.

Edgardo Cozarinsky,
›El rufián moldavo‹

Am Hang des Predigtberges
lag Sankt Leonhard.
Am Fuß des Heidenberges
lag Weitersfelden.
Firling lag so dazwischen:
vier Hügel dahin,
fünf Hügel dorthin.

Wer bis dreißig zählen konnte,
hatte das ganze Dorf erfaßt:
zwei Dutzend Höfe und Häusl,
zwei Wirtshäuser,
eine Schmiede,
eine Kapelle,
ein Feuerwehrhaus.

Drumherum ein paar tausend Steine,
verstreut über Weiden, Äcker und Wälder.

Mittendrin allerlei zahmes Getier
sowie Mannsbilder, Weiberleute und Kinder,
erfüllt von Fleiß, Gehorsam, Gottesfurcht
und einem großen Durst nach Geselligkeit.

Immer in der Schwebe
zwischen Argwohn und Leichtsinn.

Zu erschöpft,
sich die Gegenwart vorzustellen.

Solche wie ich.

Hafer und Roggen und jede Menge Erdäpfel.
Dazu Rüben. Flachs. Mehr ließ der Boden nicht aus.
Die Äpfel waren sauer, die Zwetschken fielen
unreif vom Baum. Birnen, ja Birnen gediehen,
aber sie waren klein und matschig und schwarz
und hielten sich nur ein paar Wochen.

Wir hatten als einzige einen Kirschbaum.
Er stand in der Mulde neben dem Haus,
ein wenig geschützt vor dem eisigen Wind.
Um ihn durchzubringen, ging mein Vater
in den Frostnächten hinaus, ein kleines Feuer
anzuzünden, das rauchte weiß wie die Blüten.

Das erste Fahrrad war aus Holz.
Es hatte zwei Räder und keine Pedale.
Mit dem Lenker ließ sich nicht lenken.
Zum Aufsitzen brauchte ich keinen Stein.

Die ersten Skier waren zwei Faßdauben.
An die Spitzen waren Schnüre genagelt,
zum Festhalten und zum Steuern.
Der Skistock war noch nicht erfunden.

Das erste Motorrad kurvte um die Kapelle,
ehe es knatternd im Hohlweg verschwand.
Es hinterließ eine Spur der Verwüstung:
eine tote Henne, Federn, geschockte Gänse.

Das erste Schiff schwamm auf der Donau.
Ich sah es von Urfahr aus, auf die Entfernung
kamen mir die Menschen an Deck winzig vor.
»Zwergerl«, juchzte ich, »drei, vier Zwergerl!«

Der erste Zeppelin war auch schon der letzte.
Sein Rumpf glitzerte in der Wintersonne.
Die Dietl, die uns beim Dreschen half, seufzte:
»Was Schöneres werd ich nie mehr sehn.«

Die Straße war schmal und steil und schlecht.
Alle heiligen Zeiten kam ein Auto daher.
Am Firlingberg versagten meistens die Bremsen.

Einmal waren es Ausflügler aus der Stadt,
der Fahrer mit Lederhaube und seine schöne Frau
im offenen Verdeck.
Das Auto überschlug sich
und blieb im Graben liegen.
Die Räder surrten noch eine Weile.

Die Frau war tot, wir legten sie in die Stube,
bis der Leichenbeschauer kam.
Der Mann neben ihr jammerte zum Herzerbarmen
um sein gebrochenes Bein.

Die Buben schnitten aus den Reifen Radiergummis,
die schmierten.

Eine kleine Semmel kostete fünf Groschen.
Eine Rippe Schokolade zehn Groschen.
Vom Kirtag ein großer Sack Süßigkeiten
mit Schaumrolle und Kokoskuppeln einen Schilling.

Ich hatte es gut: meine Mutter gab mir jeden Tag
eine halbe Semmel mit in die Schule.

Die Rauh Hedwig, die so schön singen konnte,
hatte nie mehr als ein hartes Scherzel in der Tasche.
Oft war es verschimmelt.

Die Fessl-Kinder legten die Brotscheiben übereinander
und wehe, die des andern stand vor.

Beim Pum hatten sie achtzehn Kinder und eine große Not.
Auf ihrem Christbaum hingen nur Erdäpfelspeigen.

JEDES Jahr kamen sie zweimal ins Dorf:
Anfang Mai, wenn in den Gräben der letzte Schnee
geschmolzen war, Mitte September,
bevor es kalt aus dem Böhmischen wehte.

Immer war ich allein zu Hause. Es hieß,
sie stehlen Kinder. So schnell konnte ich gar nicht
das Hoftor verriegeln, das Haustor zusperren,
die Geschäftstür verrammeln, wie mein Herz klopfte.

Mein Vater lachte. Meine Mutter warnte ihn
schon gar nicht mehr. Jedesmal ließ er sich
auf den Roßhandel ein. Jedesmal fing der Hengst,
feurig und stolz, nach ein paar Tagen zu lahmen an.

Die Frauen trugen bunte Röcke und Kopftücher
wie wir im Sommer auf dem Feld: im Nacken verknotet.
Sie rupften die Hühner im Handumdrehen.
Sie stehlen wie die Raben, sagte man. Uns ging
nie was ab.

Im Gegenteil, wenn sie sangen, abends am Feuer
in der Senke neben dem Haus, wo der Kirschbaum stand,
flog uns was zu, das wir nicht benennen konnten.
Eine Wonne, ein Schaudern, süß und bitter zugleich.

Unsere Schuld war es nicht, daß sie mit einemal ausblieben.
Unsere Schuld war, daß wir nicht fragten, wo sie
geblieben waren.

Unser Nachbar hatte vier Töchter,
eine tüchtiger als die andere,
dazu blitzsauber und gescheit.

Er hatte seine Frau getötet.
Es war ein Unfall, beteuerte er.
Er habe auf eine Katze geschossen.
Das Gericht sprach ihn frei.

Er hatte einem das Leben gerettet.
Er hatte ihn aufs Pferd gehoben,
er war mit ihm weit geritten,
zum Verbandsplatz, im Krieg,
sonst wäre der eine verblutet.

Er war hinter den eigenen Töchtern her.
Der Fanni, die bei uns Dirn war,
schlich er bei jeder Gelegenheit
nach in den Stall oder paßte sie
auf dem Streuboden ab. Einmal
ging mein Vater dazwischen.
Er schlug ihn grün und blau.
»Tu das nie wieder.« Aber er tat es.

Viel später fand die Fanni eine Stelle
als Serviererin in einem Hotel.
Der Juniorchef machte ihr einen Antrag,
dann jagte er sie aus dem Haus.
Einer hatte ihm akkurat geschrieben:
»Die hat es mit ihrem Vater getrieben!«

LEBENSMÜDE. Ein Zustand,
an dem man sterben konnte.
Selten genug, aber doch.
Sich am hellichten Tag hinlegen,
vorher nach dem Pfarrer schicken,
die letzte Ölung empfangen,
die Augen schließen für immer.

Aber die meisten sind gestorben,
als sie noch voll im Saft standen.
Vom Heuboden gefallen,
vom Baum erschlagen,
vom Blitz getroffen.
Oder einfach umgesunken,
in der Hand den Krampenstiel,
die Mistgabel oder den Eisstock.

Gesund fortgegangen,
tot heimgekommen.
Zwei Tage lang aufgebahrt.
Von den Männern und Frauen,
alle in schwarzem Tuch,
mit Weihwasser besprengt,
beim Namen genannt,
mit einem Abschiedswort bedacht.

Dann rief der Vorbeter auf
zum gemeinsamen Gebet:
für den Verschiedenen,
für die Freundschaft,
für alle, die in dem Haus

schon gestorben sind,
und für den Nächsten,
der heraussterben wird.

Das Wimmern der Witwe,
das Schluchzen der Waisen,
das Räuspern der Nachbarn,
während der Sarg zugenagelt,
von vier Männern geschultert,
auf ein Fuhrwerk gehoben wurde.

Zuletzt der Trauermarsch,
schleppend und trostlos.

Trostloser noch war es,
wenn ein Kind starb,
und besonders trostlos,
wenn es ungetauft starb.
Nur die engsten Angehörigen
gaben ihm das letzte Geleit.
Für gewöhnlich trug der Vater
den kleinen Sarg, wankend
unter der federleichten Last.

Als aber unser Nazl starb,
vier Jahre vor meiner Geburt,
war der Vater im Krieg.
Man verschob das Begräbnis
in der Hoffnung, der Kaiser
werde ein Einsehen haben
und Sterbeurlaub genehmigen.
Schließlich führte ein Nachbar
den Trauerzug an, unterm Arm
den ungehobelten Kindersarg.
Hinter ihm meine Mutter.
Auf dem Rückweg, zwischen
Friedhofsmauer und Schwagerhaus,
kam ihr mein Vater entgegen,
wankend wie sie unter der
schwer beerdigten Last.

Das ist meine erste Erinnerung:
die an den Vater, als er sechs Jahre alt war
und einer Verwandten geschenkt wurde.
Ihr Mann war jung gestorben, kinderlos,
sie wollte nie wieder heiraten.
Aber da war der Hof, schuldenfrei
mit fünfzig Joch Grund,
der einen Erben suchte.

Damit er sich nicht sträubte,
kauften sie ihm einen Janker
aus grober Wolle, die kratzte.
Du kennst den Weg, sagten sie,
zu Mariä Himmelfahrt längstens
gehen wir dich besuchen.
Daß du uns keine Schande machst.

Während seine neue Mutter
samt Gesinde beim Heuen war,
mußte er neben der Muhm sitzen,
der sie das Bett zum Sterben
in die Stube gestellt hatten.
Greif sie an. Ist sie kalt,
zündest du die Totenkerze an.
Vor ihm die Kerze, daneben die Zünder,
dahinter die Muhm.

Einmal war sie kalt,
da zündete er die Kerze an.
Er betete zehn Vaterunser,
fünf Gegrüßet seist du Maria.
Dann war sie nicht mehr kalt.
Dann wieder.

Dann zuckte die Flamme,
sprang die Tür zur Kammer auf,
jagten Schemen über Decke und Wand.

Da floh er, Hals über Kopf
und über die Felder.
Er schaute sich nicht um.

Zu Hause der Vater, die Mutter schämten sich.
Fünfzig Joch Grund, viel Wald, schön eben.
Bald wärst du Bauer geworden auf eigenem Hof.
Jetzt haben wir dich wieder.

Etliche Jahre später heiratete die Verwandte.
Ihn nahm sie zum Beistand.

Seine ältere Schwester,
die ihm die liebste war,
wurde ledig schwanger.

So habe ich es gehört.

Ein Gendarm sei ihr zugegangen
und auch der Gemeindearzt von Weißenbach.
In Leonhard gab es noch keinen.

Blitzsauber war sie, habe ich gehört.

Sie hätten sie festgehalten
zu dritt, der Vater, die Mutter
und der Gendarm,

so habe ich es gehört,

und der Arzt habe ihr beim Abtreiben
die Blase zerrissen.
Sie habe geschrien, daß es noch in Maasch
zu hören gewesen sei.

Das habe ich gehört:

Schreie, Schreie, Schreie.

So sei sie gestorben, schreiend.
Ihr Bruder, mein Vater,
habe es auch gehört, später.

Schreie, die in meinen Ohren dröhnen.

Er habe den Arzt anzeigen wollen,
aber davon Abstand genommen.

Weil kein Durchkommen gewesen wäre.
Weil die Ärzte und die Richter
  zusammengehalten hätten.
Weil die Prozeßkosten ihn um Hab und Gut
  gebracht hätten.
Weil seine Lieblingsschwester davon
nicht wieder lebendig geworden wäre.

So habe ich es gehört von ihm.

Und ihm keinen Vorwurf gemacht.

Warum.

DAS ist die zweite Erinnerung
an die Zeit vor meiner Geburt:
als mein Vater in Przemyśl im Lazarett lag
und meine Mutter Soll und Haben
auseinanderzählte. Es ging sich nie aus.

Es war im zweiten oder dritten Kriegsjahr.
Die Glocken waren abzuliefern: Gott für Eisen.
Die in unserer Kapelle hatte viel Geld gekostet,
viel Zeit, viel Streit.
Aber das war es nicht.
Sie rief zum Gebet. Sie stärkte den Glauben.
Das war es auch nicht.
Ihr Klang war hell und süß und ohne Nutzen.
Das war es schon eher. Aber nicht ganz.
Sie war, was die Menschen verband.
Nicht, was jedem für sich,
alles, was ihnen gemeinsam gelungen war.

Der Schmied brachte sie im Karren nach Leonhard.
Den Glöckel hatte er fest umwickelt.
So stand sie zwischen der dicken Kirchglocke
und der zierlichen Sterbeglocke
beim Haunschmid im Vorhaus,
matt schimmernd im Zwielicht,
geknebelt für den Transport in die Stadt, in eine Gießerei.
Die Fuhrleute saßen in der Stube und zechten auf Vorrat.
Der Schmied zechte mit. Er war nicht recht bei der Sache
Er hatte ein Auge auf die Tür, er lauschte unauffällig.

Seine zwei stärksten Töchter (alle fünf waren stark)
stahlen die Glocke, als es drinnen laut herging.
Sie schleppten sie über den Pfarrhof,

den Acker hinunter, beim Aumann vorbei,
wateten zweimal durch den Aubach,
damit Hunde keine Witterung aufnehmen konnten,
schwitzten, keuchten, gönnten sich eine kleine Rast.
Gegen Mitternacht waren sie in der Schmiede.
Dort war schon die Brücke herausgerissen,
eine Grube gegraben. Hinein mit ihr!
Sooft ein Roß beschlagen wurde, seufzte sie hell.
Also wieder ausgegraben, bei Neumond,
die Schmiedin leuchtete, die Töchter faßten mit an,
bis die Glocke endlich umgebettet war:
in ein Lehmgrab unter der steinernen Platte,
aus dem sie auferstehen sollte.

Gefahndet wurde nach Diebsgut wie Täter.
Die Gendarmen hielt man für befangen,
deshalb kamen drei Detektive aus der Stadt.
Sie verhörten alle im Dorf,
drohten mit Beugehaft,
stocherten mit der Gabel im Mist und im Heu.
Unverrichteter Dinge reisten sie ab.

Als der Krieg aus war, verspielt wie alle,
die uns betrafen, läutete die Firlinger Glocke
als einzige weit und breit den Frieden ein
und, aus Dankbarkeit, ganz von allein.
Wer genau hinhorchte, vernahm ihre Botschaft:
Ehre dem Schmied, Ehre den Töchtern!

Als ich getauft werden sollte,
»schnell schnell, eh sie uns stirbt«,
lag meine Mutter noch im Wochenbett,
das sie sich in die Stube hatte stellen lassen,
des besseren Überblicks wegen.

»Sie soll Henriette heißen, merk dir das«,
sagte sie zu meinem Vater. Er nickte zerstreut,
spannte ein und fuhr mit mir nach Leonhard.

Im Wirtshaus saßen sie übers Eck,
mein Vater und sein jüngerer Bruder,
der Fleischhacker-Wirt,
der als Pate ausersehen war.
Ich lag im Wickelpolster, still trotz der Fliegen,
in Obhut der alten Hebamme,
die schielend Tabak kaute.
Es war Anfang August. Der Durst war groß.
Das Bier schäumte. Der Schnaps brannte.

Es fiel ihnen schwer, aufzustehen,
und sie hatten rote Gesichter.
Auch die Zunge wollte nicht recht.
Hochwürden Weidinger runzelte die Stirn,
als sie, verspätet und mit ungehörigem Krach,
durchs Kirchentor wankten.
Ungewiß, wer mich im Arm hielt,
ein Glück nur, daß er mich nicht fallen ließ
oder gar, stolpernd, dann stürzend, erdrückte.
Beim Becken, vor Beginn der Zeremonie,
fragte Weidinger nach dem Namen,
auf den er mich taufen sollte.

Mein Onkel sah meinen Vater an,
mein Vater sah meinen Onkel an.
Keiner von ihnen wußte die Antwort,
jeder klappte den Mund auf und zu.

Da begann ich zu schreien, was meinen Vater belebte.
Sein Blick irrte durchs Kirchenschiff,
wanderte über die Säulen, die Bänke, den Opferstock,
streifte den Seitenaltar, blieb endlich haften
an der Muttergottes mit Kind. Seine Miene hellte sich auf.
»Maria«, sagte er mit rauher Stimme,
fragend zuerst, dann bestimmt. »Maria!«

So kam ich zu meinem Namen, dem falschen.
Meine Mutter weinte vor Wut,
als er ihr sein Versagen gestand.
Sechs Tage lang redete sie kein Wort mit ihm.
Am siebten bat er sie kleinlaut,
was nicht seine Art war,
ihm wieder gut zu sein.

Jahre später hat sie es mir erzählt,
aufs neue entrüstet.

Die Mutter las im Stehen wie im Sitzen
und fast immer nur zwischendurch,
wobei sie stumm die Lippen bewegte.
Die Zeitung, alte und neue Kalender,
Gebetbücher, Wildererromane, Kataloge,
die ein Reisender dagelassen hatte.
Am liebsten las sie in der Küche,
wo sie vor dem Vater sicher war,
selten auf dem Abort, der Fliegen wegen,
manchmal auf der Hausbank sonntags,
wenn er nach dem Essen sitzend schlief,
und mit offenen Augen, wie die Hasen.

Am meisten bekümmerte sie
die Unrast der Kaiserin Elisabeth,
noch dreißig Jahre nach dem Todesstich
mit der Feile, ein Schlund in der Erde,
der ein Dorf in der Türkei verschlang,
und die Prognose der Hellseherin Sibylla,
einst würden den Männern schulterlange Haare,
den Frauen Stoppelglatzen wachsen:
untrügliche Vorzeichen des Weltuntergangs.

Mein Vater murrte, sooft er sie lesen sah.
Im gedruckten Papier witterte er Gefahr,
im Lesen überschüssige Kraft, die verpuffte.

Lange vor meiner Geburt,
im Neunerjahr oder anno zehn
kam uns das Telefon ins Haus.

Es kostete ein Heidengeld.
Dazu mußte mein Vater
noch das Holz beistellen
für die Masten und Stützbalken.

Als es endlich funktionierte,
war dem Kohlstatt Toni
seine Tante gerade
einkaufen im Geschäft.

»Komm her, Simmer Franzin,
nimm den Horcher, red eini ins Rohr,
kannst den Smejkal hören zu Leonhard!«

Die Simmer Franzin hielt es
für einen Witz, einen schlechten,
aber sie tat ihm den Gefallen.

Als sie den Postmeister hörte,
ein Krächzen, unverkennbar,
machte sie einen Schrei,
ließ den Hörer fallen,
ließ die Tasche stehen,
raffte Schürze und Rock
und sprang davon.
Erst in Rebuledt kam sie zum Stehen.

Der Untermayrhofer ist im Bund,
so erzählte sie es reihum,
im Bund mit dem Teufel.

Fürs Geschäft wars nicht schlecht.

Wir gaben nichts darauf,
aber wir waren fast die einzigen.
Sonst wußte schier jeder
was Schauriges zu erzählen.

Zu viel Zeit zum Sinnieren,
zu wenig Salz in der Wampen,
kein Pulver im Sack,
sagte mein Vater verächtlich.

Bekannt war die Geschichte
vom Hirschenstein,
es gab sie in dreizehn
verschiedenen Ausführungen.

Bauern, die beim Heimweg
von der Mette den Teufel
beim Geldzählen gesehen hatten,
Jahr für Jahr und ganz gewiß.

Der Wundarzt von Weißenbach
war mit Schlitten und Roß
zu einer Kranken unterwegs,
fest vermummt und mit Laterne.

Auf der Straße im Schnee,
gerade unterhalb des Felsens,
wollte das Roß nicht mehr weiter.
Es bockte, es bäumte sich auf.

Der Arzt stieg ab und leuchtete,
da lag was im Schnee. Er bückte sich:

ein Pferdehuf, haarig der Stumpf.
Die Kerze in der Laterne erlosch.

Wie's weiterging, weiß jedes Kind.

Oder der Fleischknecht vom Fössen,
der lange im Wirtshaus lumpte
und gegen Mitternacht aufbrach,
heimwärts flott und beschwingt.

Auch er gab nichts auf das Gerede
vom Geistern in der Spitzgasse,
wo der alten Kollerin angeblich
eine weiße Fee erschienen ist.

Im Mondlicht, auf halbem Weg
sprang ihm was vor die Füße.
Eine schwarze Katze von rechts,
was nichts Gutes verhieß.

Gleich darauf die zweite. Die nächste.
Die zehnte. Augen wie glühende Kohlen.
Sie kreisten ihn ein, ohne zu maunzen.
Beim Weißen Kreuz waren es siebzig.

Er rannte längst, sprang über das Kasbachl,
kam schlecht auf, stauchte sich ein Bein,
humpelte weiter, die Katzen wie Drachen,
bis ihm vorm Kreuzstöckl der Atem stockte.

Wie's weitergeht, ist mir zu blöd.

Das fünftgrößte Unglück war:
sich verschulden.

Das viertgrößte Unglück war:
sich versaufen.

Das drittgrößte Unglück war:
abbrennen.

Das zweitgrößte Unglück war:
abhausen.

Das größte Unglück war:
ledig schwanger werden.

Die Mädchen tranken einen Sud aus Mutterkorn,
oder sie gingen zur Wenderin.

Hochwürden Weidinger hielt sich nicht
an das Beichtgeheimnis.
Von der Kanzel herunter
verlas er die Namen der Mädchen,
die es gewagt hatten,
ohne das Heilige Sakrament der Ehe
schwanger zu werden.
Die er beim Zublinzeln und Abbussln ertappte,
scheuchte er aus der Jungfrauenkongregation,
die zu Fronleichnam die Prozession anführte.

Mit der dünnen Nase,
dem stechenden Blick
und dem schütteren Haar

über der fliehenden Stirn
sah er eher nicht aus wie Jesus,

im Unterschied zum heiteren Kooperator,
der alsbald versetzt wurde
wegen des schädlichen Einflusses
der weiblichen Dorfjugend
auf sein christliches Gemüt.

Weidinger blieb bis zu seiner Pensionierung
und keinen Tag länger,
gottlob.

Aber der jähzornige Provisor,
der ihm nachfolgte,
war um nichts besser.
In der Religionsstunde nahm er
den Kindsmord von Bethlehem durch,
und die Pointner Nandl rief hinaus,
der Herodes hat das Jesuskind abgestochen.
Wie wir Bauernkinder halt redeten:
derb, vorlaut, aber ohne Hintergedanken.
Daraufhin schlug er ihr mit aller Kraft ins Gesicht.
Das Wutmal seiner Hand war lange zu sehen.

Zu mir war er freundlich.
Er erzählte mir von Gott in der Natur.
Er schenkte mir sogar ein Buch.

Besser, er hätte mich auch geschlagen
oder an den Zöpfen aus der Bank gezerrt.
Dann wäre mir keine andere Wahl geblieben,
als mich zu den Geschlagenen zu bekennen.

So aber war ich freundlich zu ihm.
Ich hörte ihm zu, wenn er von Gott in der Natur erzählte.
Das Buch, das er mir geschenkt hatte,
gab ich meiner Mutter zum Lesen.

Rudinger, der nach ihm kam,
war gutmütig, trinkfest, etwas leger.
Er züchtete Tauben, zartes Fleisch
gegen die Versuchungen des Fleisches,
und lachte nur, wenn man ihn
im Wirtshauseifer versehentlich duzte.
Er nahm alles auf die leichte Schulter.
Auch später die Politik, im Gegensatz
zum Pfarrer von Gutau, der einem Arzt
angeblich Kutsche und Roß verweigerte.
Der Pfarrer kam wegen Heimtücke ins KZ.
Die Bauern waren unschlüssig,
für wen sie Partei ergreifen sollten.
Einerseits der Glaube, dem sie anhingen,
andererseits die verwehrte Hilfe,
die ihnen schadete. Kam der Doktor nicht,
war es im Notfall um Vieh und Frau geschehen.
Insgeheim hielten sie zum Arzt,
beteten aber einen Rosenkranz für den Pfarrer.
Das half, wie sie meinten, weil er überlebte.

Die zwei, die immer gemeinsam kamen:
damit wir uns früh daran gewöhnten,
Gaben zitternd entgegenzunehmen.

Lange vorher lud ich die Gendarmen ein.
Sie taten mir den Gefallen.
Ich setzte mich mitten unter sie,
wo ich in Sicherheit war.
Mein Bruder kroch unter die Bank,
spannte sein Bolzengewehr
und schoß auf die beiden.
Während sich der eine bückte,
sprang er dem andern hinten auf die Butte.

Einmal nahmen sie unsere Dirn mit,
die sich zum Schein heftig wehrte.
Sie zerrten sie in Strümpfen hinaus in den Schnee.
Ich schrie so lange, bis mir die Luft wegblieb.

Ich glaubte auch dann noch an sie,
als mir auffiel, daß der Nikolaus
die Stellnbergerstiefel anhatte
und der Krampus böhmakelte
wie der Schneider und seine Frau.

Sie kamen immer zu zweit:
um den Kindern die Freude
mit Furcht einzubleuen.

SCHLITTEN fahren.
Die jungen Katzen im Korbwagen spazierenfahren.
Auf dem Jahrmarkt mit dem Ringelspiel fahren.
Ein Rehkitz mit der Flasche aufziehen.
Das Roß striegeln.
Der alten Einlegerin die weißen Haare kämmen.
Von der Störschneiderin ein Märchen erzählt bekommen.
Dem Edi beim Faxenmachen zuschauen.
Den Schaum vom Bierglas schlecken.
Auf dem Dachboden alte Bücher finden.
Neben dem Fluder kleine Wasserräder laufen lassen.
Beim Brotbacken helfen.
Aufs Christkind warten.
Ans Christkind glauben (ein Mädchen wie ich, nur blond).
Das Christkind sehen (einen Zipfel seines himmelblauen Nachthemds).
Wenn es regnet, trocken bleiben.
Zum Essen sich Zeit nehmen dürfen.
Früh ins Bett gehen dürfen.
Beten.
Einen Schutzengel haben.
Ein gutes Wort hören.
Sich freuen.

In der Christnacht redet das Vieh.
Das war so gewiß wie das Amen im Gebet.
Einmal schlich ich um Mitternacht,
meine Geschwister waren in der Mette,
die Mutter rumorte noch in der Küche,
im Nachthemd hinaus in den Stall.
Als ich die Tür leise aufschob,
hörte ich sie wispern, die Kühe.
Ein Kalb sang sogar, aber falsch.

Der Pascherbäck brachte das Brot
im Buckelkorb und auf Skiern.

Manchmal war es vereist,
dann hatte er einen Stern gerissen.

Manchmal war es verkohlt,
dann hatte er während der Arbeit geschlafen.

Manchmal war ein Zahn eingebacken,
dann hatte er beim Kneten einen verloren.

Manchmal war Erbrochenes drin,
dann hatte er in den Teig gespien.

Die Bälle dauerten von Samstag bis Mittwoch.

Die Gäste schliefen zwischendurch ein paar Stunden, auf der Ofenbank oder in den Fremdenzimmern oder im Verschlag neben dem Saustall, wo es schön warm war. Ein paar legten sich auch ins Stroh, und nicht immer allein: den Hackl zu Maasch sah ich mit der Schmiedin aus dem Stadel kommen, als ich in den Hof rannte, aufs Klo.

Die Nachbarn gingen zum Schlafen heim. Auch das gehörte noch zum Vergnügen: darauf zu wetten, daß man sie einholen oder abfangen werde. Der Piber nahm die Wette an, lief aber nicht zu sich nach Hause, sondern zum Buchmayr Michl, wo er in der Kammer zur alten Buchmayrin unter die Tuchent kroch. Die Verfolger durchstöberten jeden Winkel, schauten in die Truhe, hinter den Ofen, unter das Bett, ehe sie wieder abzogen und, klappernd vor Kälte, seinen Hof umstellten. Keiner von ihnen schöpfte Verdacht, als der Michl nach einiger Zeit den Schlitten mit einem großen Sack Futterrüben durch die Hofeinfahrt zog.

Meine Mutter hat jedesmal eine Gans zusätzlich gebraten. Die wurde dann ausgespielt: für den glücklichen Finder oder für den, der sie so gut versteckt hatte, daß niemand sie fand. Einmal lag sie beim Fessl im Backofen. Dort nachzusehen war keinem in den Sinn gekommen.

Mein schönster Ball war der Lumpenball.
Mein zweitschönster der Feuerwehrball.
Mein drittschönster der Veteranenball, bei dem die Musikkapelle streikte und die Bauern selber musizierten: zum Gotterbarmen falsch, aber voll Inbrunst und Ausdauer, also herzergreifend schön.

Wer was auf sich hielt, ließ sich zu guter Letzt hinausspielen: die Musiker begleiteten ihn bis zum Dorfausgang, wo er jedem von ihnen eine Münze in die Westentasche schob.

Meine Tante Anna, die damals noch Dirn bei uns war, hat auf dem Lumpenball zwei Paar Schuhe durchgetanzt.

In der Zeugkammer die Mäuse,
im Roßstall die Ratten.

Sie waren schier die einzigen,
die nicht auftanzten am Ball.
Das Juchzen, Stampfen und Gedröhn
trieb sie hinüber zu den Nachbarn.

Wir sahen die kleinen Fährten im Schnee.

Die Fesslin und der Rauh
klagten über die Plage.

Übers Jahr waren sie wieder da,
die Mäuse in der Zeugkammer,
die Ratten im Roßstall.
Bald gab es den nächsten Ball.

Bei der Rehberger ihrer Schwester
gab es frisch gebackene Krapfen
und für jeden ein Häferl Milchkaffee.

Deshalb kamen wir zu spät:
die Rehberger Cilli,
die Höller Miazzl,
der Höller Fritzl
und ich.
Zur Strafe mußten wir uns hinausknien,
neben das Lehrerpult,
wo uns alle sehen konnten.

Der Höller Miazzl wurde als erster schlecht.
Sie kippte zur Seite, auf die Cilli hin,
verdrehte die Augen und zuckte mit Armen und Beinen.
Der Fritzl sprang zu ihr,
rüttelte sie an den Schultern,
tätschelte ihre Wangen.
»Miazzl, Miazzl, komm zu dir!«
Dann drehte er sich nach dem Lehrer um.
»Wenn sie stirbt«, schrie er, »wenn sie stirbt,
dann seid ganz allein Ihr schuld!«
Diesmal setzte es keine Strafe.
Der Lehrer rieb sich die Augengläser
mit einem karierten Taschentuch.

Die Miazzl hatte die Fraisen,
wie jedes zweite Häuslerkind:
zu wenig Kalk, zu wenig Vitamin D.
Zu viele Kinder, zu kurz hintereinander.

So steht's in jedem Handbuch.
Wer wußte das schon.
Was hätte das Wissen geholfen.

Das Knienlassen auf Scheitern.
Das Hochziehen am Ohr.
Das Haarereißen.
Das Fotzengeben.
Das Schlagen mit Stock oder Lineal
wahlweise auf die Finger,
auf den Rücken, auf den Hintern.

Besonders gefürchtet war das Nachsitzenmüssen:
wer zu spät heimkam, kam zu spät zur Arbeit
und wurde ein zweitesmal bestraft.

Den Lehrern mangelte es an Geduld.
Zu wenig Geduld ist zu wenig Phantasie.
Die fehlte auch uns, deshalb wehrten wir uns nicht.
Und den Eltern war's recht.

Es gab Ausnahmen, unter den Lehrern
und unter den Schülern.

Den Lehrerstock mit einer Rasierklinge einritzen,
so daß er beim nächsten Zuhauen knickte:
das traute sich bald einer.
Aber der Robesbauer Otto hat mit einem Lehrer gerauft,
und der Lamer Karl hat einem Lehrer die Uhrkette
    abgetreten,
und der Schmied Hansl hat dem Oberlehrer
reihum die jungen Obstbäume abgebissen.

Davon sprach man noch jahrelang.
Entrüstet, lachend oder mit Respekt.

»Kitzler, zeig mir deine Hände«,
hat der Lehrer gesagt.
Dann hat sie sie hingehalten,
dann hat er sie angegriffen,
dann hat er sie abgerieben,
dann hat er sie eingecremt,
dann hat er gesagt:
»Das dürft gar nicht sein,
daß du so stark arbeiten mußt.«

Der Lehrer zur Kitzler,
und wir haben alle auf die Hände gestarrt,
die aussahen, als wären sie lange vor ihr
auf die Welt gekommen.

Lang vor der Kitzler,
die so alt war wie wir,
neun oder zehn Jahre,
und beim Pfeifer die Kühe
und die Kinder gehütet hat.

Wenn die Frauen Spindel und Rocken weglegten.
Ehe die Petroleumlampe angezündet wurde.
Dann war es Zeit, Geschichten zu erzählen.
Diese Wonne beim Zuhören, dieses Behagen.
Die Schatten in der Stube, vor dem Fenster der Schnee.

Wenn sie mit dem Federschleißen aufhörten.
Ehe die Petroleumlampe angezündet wurde.
Dann war es Zeit, die Stühle an die Wand zu rücken.
Diese Wonne beim Tanzen, dieses Behagen.
Die Mägde in der Stube, vor dem Fenster der Schnee.

Schneiderfeier halten, so nannten wir das Glück
in der Dämmerstunde zwischen Licht und Licht.

Am schönsten war's,
wenn es fest stürmte
und sich nur vier oder fünf Kinder
durch die Schneewehen plagten.
Zwei von uns holten
aus der Hütte das Holz
und schlichteten es in die Nische
zwischen Ofen und Tür.
Die Schaumbergerin heizte ein.
Der Lehrer legte nach.
Das Prasseln der Scheiter
klang anders als sonst.
Heimelig, verheißungsvoll.
Eine halbe Stunde lang
übten wir Rechnen.
Dann erzählte uns der Lehrer
ein Märchen oder gar eine Sage.
Wir hatten es zum Greifen nah:
das Leben, wie es nicht war,
wie wir es uns erträumten,
wie es gut oder schaurig endete.

»Bitte Herr Lehrer!«
»Ja, was ist denn?«
»Der Steger hat auf dem Kirtag einen Lebkuchen gestohlen.«
»Wer hat es außer dir noch gesehen?«
»Nur ich, sonst keiner.«
»Setz dich. Der Kirtagmann soll besser aufpassen.«

Der Steger Poidl war das arme Kind ganz armer Eltern.
Er ging als Hirterbub und bekam dafür zu essen.
Sein Vater war Wagner, aber ein schlechter,
ein Katzenbegerer, wie man für Leute sagte,
die nichts Rechtes zustande brachten.
Die Bauern gaben ihm trotzdem Arbeit, auf Stör,
dieses oder jenes Wagenrad zu richten,
das dann gleich wieder brach.
Er war immer gut gelaunt, spielte Theater, riß Witze,
und auch die Kinder, blitzgescheit, hatten Humor.
Von seiner Frau, der Stegerin, Poidls Mutter, hieß es,
sie habe in ihrer bitteren Not einmal Fleisch gestohlen.

»Wer hat es gesehen?«
»Außer mir niemand.«
»Der Fleischhacker soll besser aufpassen.«

Der Hilfsknecht war gern gelitten,
auch wenn er genaue Anweisungen brauchte.

»Paß auf, Moser, heut tust Rüben heindln.
Gehst umi zum Handlanger,
holst dir vom zweiten Stellen a Heindl,
gehst aussi und fangst herunten
beim Biersteig an z' heindln.«
Moser tat, wie ihm geheißen.
(Schlurfte also, anders gesagt, in den Anbau,
in dem das Werkzeug lag oder lehnte,
nahm von der zweiten Stellage eine Feldhacke,
verließ den Hof und begann am unteren Ende
des Biersteigfeldes die Erde zu hacken.)

Sagte man aber: »Moser, geh Rüben heindln,
draußen am Biersteigfeld«, dann ging er stracks
hinaus aufs Feld und stand dort untätig herum.

Mosers ganzer Stolz war die Taschenuhr,
die ihm die Hausleut geschenkt hatten.
Der Uhrmacher von Weitersfelden mußte ihm
mit einer Zange den großen Zeiger rauszwicken,
der ihn verwirrte.

DER alte Fessl ging mit den Junggesellen
auf Brautschau.
Sie waren das Reden nicht gewohnt,
also redete er.
Der alte Fessl hatte einigen Erfolg.

Auch der Fleischhacker wollte sich
einen Kuppelpelz verdienen.
Er hatte größeren Erfolg:
er ließ die Männer vorerst zu Hause.
Wenn er zu den Bauern Viehschauen ging,
zum Aussuchen fürs Abstechen,
kamen ihm genug Haustöchter
im heiratsfähigen Alter unter:
unechte Jungfrauen, ledige Mütter, frühe Witwen.
Auf die warf er einen Blick, oder zwei.

»Du, ich hätt da einen.«
»Ja, wen denn?«
»Wirst schon sehen.«

Er redete mit dem Bauern,
beim Aushandeln oder Aufladen.

»Ich glaub, ich wußt dir einen Schwiegersohn.«
»Müßten wir halt einmal diskurrieren.«

Dann stellten sie sich zu zweit ein,
der Fürsprecher und der Fürgesprochene.
Umständliches Getue am Küchentisch,
ein Krug Most kredenzt, die Pfeife gestopft
und angezündet, erst auf Umwegen
kam man auf den Anlaß zu sprechen.

Die Zukünftige hatte gegrüßt und aufgetischt,
dann stand sie hinter der Tür und lauschte.
Sobald die beiden gegangen waren,
machte sie sich am Herd zu schaffen.
Der Bauer klappte den Pfeifendeckel zu.

»Und? Würdst ihn mögen wollen?«
»Mögen würd ich ihn schon wollen.«

Auf dem Heimweg der Fleischhacker und sein
Schützling:
»Was meinst? Wär's was für dich?«
»Könnt schon sein, daß 's was wär.«

Mundfaul waren die meisten.

Hilfsbereit waren wir selber,
dazu brauchten wir sie nicht.
Ob und wie hilfreich sie waren:
daran wurden die Heiligen gemessen.

Der Heilige Florian war beliebt nur
bei der Freiwilligen Feuerwehr,
der er zu vielen Einsätzen verhalf.
Damals brannte es fast jede Woche.

In Sankt Leonhard hielten die Bauern
große Stücke auf den Namenspatron,
der für Roß und Vieh zuständig war.
Wir fanden, er bemühte sich redlich.

In Firling schwörten alle auf den
Heiligen Antonius. Ein Stoßgebet
zu ihm geschickt, schon zeigte sich,
was man seit Wochen suchte.

Manchmal sogar ein Gegenstand,
den wir gar nicht verloren hatten.

Die Frauen saßen auf der einen,
die Männer auf der anderen Seite,
entweder tief ins Gebet versunken
oder mit trüben Gedanken befaßt.

Auch die Empore war gespalten:
in Musikchor und Bauernchor.
Die einen sangen, die andern schnauften.

Die Kinder merkten erst bei der Predigt auf.
Ihr Inhalt wurde in der Schule abgefragt.

Neben dem Hochaltar,
oberhalb des Chorgestühls,
hinter einem weitmaschigen Gitter
war der Taubenchor für die Eiligen:
die später kamen und früher gingen
und dazwischen Wichtiges zu besprechen hatten.
Beim Schlußsegen saßen sie schon im Wirtshaus.

Ein Groschen, ein Kreuzer, ein Hosenknopf.
Der Klingelbeutel baumelte an einem langen Stab,
mit dem der Zechprobst absammeln ging.
Manchmal ließ er sich von einem Spötter provozieren.
Dann schlug er ihm den Beutel um die Ohren.
Das störte empfindlich den Gottesdienst.

So ein Begräbnis war bald
lustiger als eine Hochzeit.
Gerade, daß bei der Zehrung
nicht zum Tanz aufgespielt wurde.
Der Verstorbene ließ sich nicht lumpen:
es gab eine Leberknödelsuppe,
gekochtes Rindfleisch mit Semmelkren
und als Nachspeise eine gallige Torte.
Bier und Schnaps nach Bedarf.
Eierlikör für die alten Weiber.
Rumtee für die Verschnupften.
Milchkaffee für die Kinder.
Glühwein für den Herrn Pfarrer.

Der alte Schinböck hatte verfügt,
daß die Leonharder Musikkapelle
zu seiner Beerdigung aufspielen sollte
mit einem gewaltigen Rausch.
Sein letzter Wille wurde erfüllt,
was den Ohren jämmerlich klang.
Dem Schusterbuben aus Rebuledt,
der die große Trommel schlug,
kam beim Umzug der Schlegel aus,
flog im hohen Bogen davon
und ertrank im Löschteich.

Der alte Schinböck hatte nicht bedacht,
daß auch die Sargtrager
sich zur Musikkapelle zählten.

An seinem lichten Fell
habe ich mich festgehalten,
als ich das Laufen lernte.
Einmal rettete er mich
vor dem Ertrinken im Teich.
Bei der Erstkommunion
durfte er neben mir stehen.
Jetzt war er fast blind.
Er hatte das Bellen verlernt.
Auch zum Hirten war er
nicht mehr zu gebrauchen.
Aber das war kein Grund,
Treue mit Verrat zu vergelten.

Unserem Hofhund, dem Lord.

Wir mußten einen Aufsatz schreiben
über den Herbst und seine Gaben.
Der Griffel kratzte über die Tafel.
Dann wußte ich nicht weiter
und schaute aus dem Fenster.
Da sah ich ihn vorbeitrotten,
um den Hals einen Strick.
Den Mann, der ihn führte, kannte ich,
er war hager, wortkarg und arm.

Der Schinder verkaufte Hundefett
als Mittel gegen die Schwindsucht.

Ich wartete nicht bis zur Pause.
Ich wußte, wo der Zwinger war.
Der Lord lief mir gleich zu.
Ich führte ihn nach Hause,

auf Umwegen, durchs Unterholz
und voll Zorn auf meine Eltern,
denen er dann die Hände leckte.
Sie versprachen mir »in Gottes Namen«,
ihm das Gnadenbrot zu gewähren.

Er lebte noch ein halbes Jahr.
Ich schaufelte sein Grab.
Es störte mich nicht,
daß sie mir dabei halfen.

Nachher hieß es, der Rauh sei schuld,
er habe das eigene Haus angezündet.
Aber das stimmt nicht, ich kann es bezeugen:
daß die Flammen wie zwei gefaltete Hände
aus dem Rauchfang des Schneider-Häusls schlugen.
Ein Flackern, ein Fluschen, ein Lodern.

Meine Mutter und ich waren allein im Haus.
Die andern waren nach der Messe
noch zur Bründl-Kapelle gepilgert,
weil auf den Feldern die Halme verdorrten.

»Stritt Heu runter«, sagte meine Mutter,
»damit die Dirnen gleich was zum Füttern haben,
wenn sie zurück sind vom Beten.«
Ich kletterte auf den Heuboden.
Gleich darauf hörte ich sie schreien.
Da schaute ich durch die Luke und sah:
die gefalteten Hände, das Dach, den Wind.

Das Tosen der Feuersbrunst
erstickte alle anderen Geräusche,
das Brüllen und Quieken in den Ställen,
die dumpfen Schläge von Hufen auf Holz,
sogar noch das Bersten der Mauern.

Wir rannten von Hof zu Hof,
das Vieh losmachen und wegtreiben.
Dasig vom Rauch stand es am Hang
und glotzte in die rußige Landschaft.

Zuerst brannte die obere Firling ab.
Dann drehte sich plötzlich der Wind,

und das Feuer erfaßte auch unsere Seite:
vom Bayer, Stellnberger bis herunter zum Fessl.
Wir wären die nächsten gewesen.
Die Flammen züngelten schon
wie Nattern am Gartenzaun.

Die Feuerwehr kam zu spät,
aber immer noch früh genug,
uns das Strohdach zu zertreten
und den Wohntrakt vollzupumpen.
»Brand aus«, meldete der Löschmeister
am späten Nachmittag. Die Bilanz:
um die zwanzig schwarze Hausruinen,
Jammern, Steingesichter, zwei Tote.

Die Pointnerin war noch einmal
ins brennende Haus gelaufen,
um einen Strauß Feldblumen zu retten.
Man zog sie unter einem Pfosten hervor
und legte sie bei uns in die Stube.
Die Haut hing ihr in Fetzen vom Leib.
Sie starb auf dem Transport in die Stadt.

Der Koller erhängte sich in der Brandstatt,
in Hemdsärmeln. Sein Sonntagsrock lag
fein säuberlich gefaltet auf einem Stein.
Obenauf das Gebetbuch, zugeklappt.

Wie alt ich damals war, sieben Jahr,
und fing gerade mit dem Schulgehen an.

Eine Woche vor dem großen Feuer
hatte ich aus unserer Wagenhütte
eintönig lautes Klopfen gehört.
Wie wenn in regelmäßigen Abständen
Blech schwer auf Blech schlägt.

»In der Wagenhütte ist wer!«
Unser Knecht ging nachschauen.
Mein Vater ging nachschauen.
Der Hansl ging nachschauen.
»Das hast du dir nur eingebildet.«

Nach dem großen Feuer war das Klopfen
wieder zu hören, zwei Wochen lang
von drei Uhr früh bis in die Nacht hinein.
In der Wagenhütte schlug der Hartminer Hans
Ziegel um Ziegel für den Wiederaufbau.

ABHAUSEN. Alles verspielen.
Aus Eigensinn, aus Größenwahn,
aus Mut zum Risiko, aus Angst davor.
Weil man sich von anderen
zu viel oder zu wenig sagen ließ.
Weil die Zeit danach war.

Da hätten wir gern weggeschaut.
Wenn die abgehausten Bauern
auf einem Leiterwagen abgeschoben wurden
in die Gemeinde, die für sie zuständig war.
Mit Sack und Pack und ohne Geld.

Der Robesbauer und seine Kinder.
In Weitersfelden der größte Hof.
Schlecht getauscht für ein Wirtshaus.
Dort selber der beste Gast gewesen.

Die ältesten starben an Wundstarrkrampf.
Es waren Zwillinge, der Hansl und die Gretl.
Dann kam die Miazzl, dann kam der Schorl,
dann kam der Edi, dann kam der Otto,
dann kam die Resl, dann kam die Paula,
dann kam der Fritzl, dann kam der Walter.
Zehn Kinder, und zwei sind gestorben.

Dann tauschte er, was vom Wirtshaus
noch zu tauschen war, gegen eine Säge.
Wieder abgehaust. Mittellos heimgekommen.
Vom Leiterwagen gesprungen, grüßend,
samt blasser Frau und acht müden Kindern.
Wir haben sie drei oder vier Tage behalten.

Bevor sie wieder auf einen Leiterwagen stiegen,
das letzte Stück Weg in das Dorf,
von dem sie aufgebrochen waren,
gab ihnen mein Vater einen Sack Mehl.
Für den Neuanfang, der nichts anderes war
als ein Strampeln aus lauter Übermut, unterzugehen.

Wir schauten ihnen nach, bang, ob sie uns nicht
zum Verwechseln ähnlich sahen. Wir ihnen.

Seine Frau war jung gestorben,
er hatte nicht wieder geheiratet.
Er führte eine gute Wirtschaft,
er hatte drei fleißige Kinder.

Der Oswaldl war ein Quartalssäufer.
Alle drei Monate kehrte er bei uns ein,
setzte sich in den Stubenwinkel,
trank viel, aß wenig, redete gern.
Von Sonntag nach der Messe
bis Mittwoch vor dem Füttern.
Dann ging er schwankend heim.

Einmal erschien ihm seine Frau.
Sie war im Paradies.
Sie trug ein blaues Kleid.
Vögel zwitscherten.
Es roch, wie es im Paradies eben riecht,
nach tausend Rosen.
Seine Frau schaute ihn zärtlich an.

Das blaue Kleid war ein blauer Schurz
am Haken neben der Tür.
Die Vögel zwitscherten vor dem Fenster,
das zum Auslüften offenstand.
Das Paradies war die Türschwelle,
über die er fiel, in aller Herrgottsfrüh,
als er seine Notdurft verrichten wollte,
betäubt vom schweren Duft des Flieders
im Garten vor unserem Haus.
Seine Frau schaute ihn zärtlich an.

DIE Bauern und ihre Töchter,
das war ein Kapitel für sich.

Sie ließen sie nichts lernen,
sie ließen sie nichts wagen,
sie ließen sie nicht fort,
außer zum Einheiraten
auf einen anderen Hof,
außer als Dienstmagd
auf einen größeren Hof,
außer als Stubenmädchen
in die Stadt hin und wieder
und das war dann:
Abstieg wie Befreiung.

Sie hatten immer eine,
die ihnen die liebste war.
Die nie klagte, nie kränkelte,
jede Grobheit schluckte.
Auf die sie als einzige hörten,
wenn sie dabei waren,
das letzte Geld zu vertrinken
oder sich was anzutun.
Meistens war es die Jüngste.

Vielleicht war es die Unschuld,
von der sie sich Erlösung versprachen,
wenn sie vergraben waren
in Unglück und Leid.

Der Oswaldl zum Beispiel
hatte zwei Töchter und einen Sohn.

Der Hias brauchte erst
gar nicht zu kommen,
ihn nach Hause zu weisen,
wenn er schon den dritten Tag
bei uns saß und trank.

Auch die Maria konnte ihn nicht
zum Heimgehen bewegen.
Immerhin jagte er sie nicht davon.

Der Zia aber folgte er aufs Wort.
Kommt schon, Vater, sagte sie,
und er zahlte, erhob sich und ging.

Wieder ein Vater und seine Tochter.
Die eine, die da war,
das Schlimmste zu verhindern.

Als wir so schwer verschuldet waren,
weil er sich mit der Säge verspekuliert hatte
oder weil der Holzpreis jäh gefallen war
oder wegen der deutschen Tausendmarksperre,
und nahe daran, Haus und Hof zu verlieren:
da ging er eines Tages hinauf in den Wald.

»Tummel dich, renn ihm nach«,
sagte meine Mutter,
»mir ist, er tut sich was an.«

Er saß auf einem Baumstock,
in der Hand den Strick.
Er schaute ins Leere.
Er schwieg.

Ich setzte mich zu ihm.
Ich hob den Blick.
Vom Nußbaum vor uns löste sich ein Blatt.
Es zitterte, während es fiel.
Es landete sanft.

Von ihm Fallen und Landen zu lernen,
das hätte ich meinem Vater gegönnt.
Aber er schaute ins Leere.

Ich gab immer zuviel auf das,
was die anderen sagten.
Das war mein Fehler
mein Lebtag lang
und schon damals.

Machten sie sich über einen lustig:
gleich kam er mir eigen vor.

Fand ihn wer häßlich,
gefiel er mir nicht.

Lachten sie über ihn,
rückte ich ab von ihm.

Der schielt,
der hat einen Buckel,
der hat einen Kropf,
dem ist eine schiefe Nase gewachsen.

Er schielte nicht,
er hatte keinen Buckel,
er hatte keinen Kropf,
ihm war keine schiefe Nase gewachsen.

Aber ich, immer besorgt,
was die anderen sagten.

Meine zweite Sünde war,
das eigene Geschlecht zu verraten.
Nicht zu verraten:
für durchtrieben zu halten.

Den Frauen zuzutrauen,
was ich den Männern nicht nachtrug.

Der Kastner Max etwa
zwang seine Frau,
zum Schöpfen aus der Rahmsuppe
in der Mitte des Tisches
einen Extralöffel hinzulegen.
Einen Löffel für ihren Geliebten,
den er sich einbildete.
Jeden Tag, Jahr für Jahr.

Ich hielt es nicht für ausgeschlossen,
daß sie einen hatte,
sie sah den Männern beim Kirchgang
schnell und scharf in die Augen.

Sonst gab es keinen Anlaß,
argwöhnisch zu sein.
Sie blieb auch als Witfrau allein,
und nie hat man sie mit einem gesehen.

Habe ich mein Mißtrauen gebeichtet,
ich könnt es nicht sagen.

Das dritte Vergehen:
die Angst, etwas zu wagen,
ist von meiner Mutter
auf mich gekommen.

Nur nicht was anderes tun als die andern.
Nur nicht sich auf die eigenen Füße stellen.
Nur nicht der Sehnsucht sich hingeben.
Nur nicht den Ernst der Lage aufs Spiel setzen.

Zu wenig gutgläubig sein
kann auch sündhaft sein.

Ich weiß, warum ich so geworden bin.
Ich habe sie miterlebt, die schiefgegangenen
Unternehmungen meines Vaters.

Das Sägewerk, der Holzhandel
haben uns fast ruiniert.

Die Mutter war gleich dagegen.

In der großen Krise, als wir so schwer verschuldet waren,
wollte mein Vater auswandern mit Sack und Pack,
gemeinsam mit Tiroler Bauern und dem Minister Thaler.
Der Antrag war schon abgeschickt.

Die Mutter war dagegen.

Dieses eine Mal hat er auf sie gehört,
just im falschen Moment.

Brasilien, Dreizehnlinden.
Guter Boden, keine Fröste,
vier Ernten im Jahr.
Viele sind schon auf der Überfahrt gestorben.
Dazu die leeren Versprechungen.
Das Land, das erst zu roden war.
Die Schlangen und die Seuchen.

Aber die meisten haben es geschafft.
Und mein Bruder wäre nicht gefallen,
nicht gefallen auf der falschen Seite.

Wäre ich eine andere geworden in der Fremde,
wäre mir die Fremde Heimat geworden.
Das hätte mich schon gereizt:
mir gegenüberzutreten als die andere.

Sie kamen nie ohne Geschenke aus der Stadt: die ausgemusterten Kleider ihrer Herrschaft, Faschingskostüme, Sonnenhüte, Glaskugeln, in denen es das ganze Jahr über schneite. Von Mal zu Mal wurden sie schmäler, größer, blasser, fremder und gebrauchten Wörter, die neu für uns waren. Einige hatten sich plötzlich einen Bubikopf schneiden lassen, aus Bequemlichkeit, wie sie sagten, und weil es gerade schick sei (das war so ein unbekanntes Wort). Zum Kirchgang am Sonntag trugen sie Schuhe mit dünnen Absätzen und wackelten mit dem Hintern wie die Bienen, wenn sie den Saft aus den Blüten saugen. In den Stall gingen sie ungern, bei der Feldarbeit packten sie an wie früher. Kaum hatten sie rote Wangen, schon sorgten sie sich um ihren Teint (wieder ein Wort, das wir nicht kannten). Man merkt halt doch den Unterschied, sagten sie anerkennend beim Essen, während wir mit vollem Mund schwiegen. In der Butter schmeckten sie das frische Gras. Aber sie strichen es dünn aufs Brot.

Vom Mai sind mir nur
die Marienandachten
in Erinnerung geblieben.
Es waren die schönsten.

Der warme Regen,
durch den wir liefen,
die milden Nächte.

Ein strahlender erster Mai,
an dem der Hansl und ich
auf der Hoaleithen
den ganzen Tag eggten
und uns dazwischen müde
das Glück vorstellten:

Ein Treffer im Lotto
(niemand bei uns spielte Lotto,
hinausgeschmissenes Geld),
vom Gewinn ein Motorrad,
auf dem wir gemeinsam
nach Wien flitzen würden.
Die große Stadt erkunden.
Die hohen Häuser bestaunen.
Im Prater in der Hutschen fliegen.
Am Schießstand eine Rose schießen.
Mit einem Taxiauto fahren.
Viel mehr fiel uns nicht ein.

Man hätte weit gehen müssen,
nach Freistadt oder gar nach Linz,
zum Ersten Mai-Aufmarsch
der Arbeiter, die uns ängstigten.

Wogegen oder wofür
sie marschierten.

Was demonstrieren heißt,
hatten wir nicht gelernt.

Endlich ließen sie mich doch in die Stadt fahren, von der man Wunder und Greuel erzählte. Ich sah nur die Wunder von Wien, ja, und einmal einen Trupp Nazis, die in weißen Stutzen durch die Straße marschierten. »Dürfen die das?« Meine Schwester, die Minerl, zog mich schnell weiter. Dabei erzählte sie mir, als wäre der Aufmarsch die späte Rache des Personals, von der Hausfrau, bei der sie ihre erste Stellung angetreten hatte. Die habe sie die ganze Zeit vom Bett aus kommandiert und sei über ihre früheren Dienstmädchen hergezogen.

Die eine war ihr nicht sauber genug.
Die nächste war frech.
Die dritte oft krank.
Der vierten mußte sie dauernd auf die Finger schauen.
Die fünfte war ordinär, eine Person geradezu.
Die letzte nahm sich gar ein Mannsbild mit aufs Zimmer.

Jetzt hatten sie es gut getroffen mit ihrer jeweiligen Herrschaft, meine Schwester und meine Tante Anna, bei denen ich der Reihe nach schlafen durfte. Im Dienstbotenzimmer im weichen Bett unter einer federleichten Steppdecke. Ich lag nicht, ich schwebte. Ich konnte lange nicht einschlafen. Das Fenster ging auf den Lichthof.

Ich lernte ein neues Wort kennen: Gnädige.
Ich lernte, nicht mit dem Geschirr zu klappern.
Ich lernte, daß das Beten vor dem Essen entfiel.
Ich lernte, daß man sich stattdessen die Hände wusch.
Ich lernte, daß man auf der Straße nicht jedermann grüßen mußte.
Ich lernte, daß es auch in der Mehrzahl eine Höflichkeitsform gab.

Tante Anna diente bei einem kinderlosen Ehepaar, schon älter, freundlich, mild, ohne Launen, das selten ausging und noch seltener Besuch empfing. Der Mann war Jude, wie mir die Tante flüsternd verriet. Er erzählte bei Tisch wunderliche Geschichten von den Straßenbahnern, die er als Kassenarzt behandelte. Die Frau führte mich in den Zirkus, ins Kino, in den Prater. Es war genau so, wie der Hansl und ich es uns vorgestellt hatten, oder eine Spur schöner: wir hatten die blühenden Kastanienbäume vergessen.

Kochen, kehren, waschen, bügeln …
Dazu zwanzig weitere Verrichtungen.
Aber man mußte sich nicht hetzen.
Man kam selten ins Schwitzen.
Man war unter Dach.
Man hatte einen freien Tag.
Man konnte sich was zur Seite legen.

Bei der Minerl ihrer Herrschaft ging es lebhaft her. Der Hausherr war Theaterdirektor, die Frau Kapellmeisterin in einem Damenorchester. Sie fuhr heimlich nach Baden, ins Casino, Geld verspielen, und wenn sie zurück war, knallten die Türen. Ein dicklicher Sohn war da und eine plappernde hübsche Tochter, die mir vom Fenster aus ihren Verehrer zeigte, den sie heiraten werde, »weil er stinkreich ist, aber ein Jud, brrrr!«, und vom jungen Kooperator mit der schönen Stimme schwärmte. »Einmal hab ich ihm ein Busserl gegeben. Ein Fehler, ich geb's zu. Er ist ausgefahren, wie wenn ihm der Teufel erschienen wär. Bleib doch bis Sonntag. Gehst mit in die Kirche. Er singt im Hochamt. Steckst ihm diesen Brief von mir zu.«

Ich wäre gern geblieben, über den Sonntag hinaus.
Ich wär als Dienstmädchen gegangen wie die Minerl.
Was ich nicht wußte, hätte sie mir schon beigebracht.

»Willkommen in Wien«, hatte die Gnädige meiner Tante gesagt.
Es war das erste Mal in meinem Leben, daß mich jemand nicht duzte.

Die gute Luft! Das war alles,
was ihm dazu einfiel.
Sein übliches Schimpfwort,
auf störrische Weiber gemünzt.
Und die Drohung,
mich nicht wieder fortfahren zu lassen.

Wir hatten Pflöcke eingeschlagen
für den Kälbertrieb,
auf der Wiese neben dem Haus.

Ich hatte ein wenig vorgearbeitet
und mich, müde und naß,
auf einen Stock gesetzt.

Da ging mir wieder durch den Kopf,
was ich in Wien gesehen und gehört hatte.
Die blühenden Kastanienbäume,
die Akrobaten und Löwen,
der Kuß, der den feschen Kooperator verwirrte.
Der Trubel bei der einen Herrschaft,
Ruhe und Anstand bei der andern.

Das war meinem Vater nicht recht:
wenn jemand mit offenen Augen träumte.

Ich hatte gar nicht bemerkt,
daß er schon zu mir aufgeschlossen hatte,
so versunken war ich. So verzückt.

»Was sinnierst denn«, fragte er mißtrauisch.
Ich konnte nicht anders, es mußte heraus.
»In Wien«, sagte ich, »ist es grad wie im Paradies.«

»Du Blunzn du!«

Er ließ mich nicht ausreden,
fand aber selbst keine Worte,
bis auf die von der frischen Luft
bei uns auf dem Land.

»Und in Wien staubt's fürchterlich.
Da ist jeder zehnte krank!«

Bei uns bald jeder fünfte,
nur schaut keiner drauf.

Ich dachte es nur, ich sagte es nicht.
Ich war noch nicht einmal siebzehn,
trug Zöpfe, lief barfuß, betete dreimal am Tag
und ehrte den Vater in Wort und Werk.
Dagegenreden, wie meine Schwester,
übte ich erst nach seinem Tod.

Der eine war auf der Pirsch,
hörte ein Rascheln vor sich,
dachte an den Rehbock,
witterte scharfen Geruch,
hob den Stutzen und schlich näher:

bei Neumond, gegen den Wind,
auf die kleine Lichtung im Aubichl,
direkt gegenüber dem Predigtberg,
auf dem eine Vaterländische Feier
stattfinden sollte unter Beteiligung
aller Gendarmen und Revierjäger.
Ansprache des Obmannes
des Katholischen Ortsvereins,
Absingen des Dollfußliedes,
Abbrennen des Kruckenkreuzes.

Der andere hatte Petroleum
auf fünf Bretter geschüttet,
die um einen Pfosten genagelt waren
und mit Reisigbündeln umwunden.
Dann ein Streichholz angerieben
und schnell aufs Reisig geworfen.

Als das Hakenkreuz in Flammen aufging,
standen sie einander gegenüber. Reglos,
wie angewurzelt, eine Schrecksekunde lang,
auf doppelter Armlänge und ertappt
auf frischer Tat vom jeweils anderen.
Dann hasteten sie davon, in dieselbe Richtung,
aber auf unterschiedlichen Steigen:

der Mühlbacher Toni mit dem rußigen Gesicht,
der Kastelhansen Franzl mit dem leeren Kanister.
Einander entkommen, aneinander gefesselt:
weil sie nun voneinander wußten,
was jeder für sich behalten mußte:
das Wildern und das Nazizündeln.

Beide schwiegen sie wie ein Grab.
Der Mühlbacher drei Tage lang,
dann erzählte er es meinem Vater.
Der Kastelhansen zwei Tage länger,
dann beichtete er es dem Pfarrer.

Das Petroleum stammte aus unserem Faß.
Eine Dirn hatte es heimlich abgezapft.

»Stell dir vor«, sagte meine Mutter,
»jetzt gehören wir den Deutschen.«

Die alte Fesslin war außer sich.
»Der Hitler hat uns ja direkt gestohlen.
Direkt gestohlen hat uns der Lump!«

Mehr habe ich nicht behalten vom Umsturz.
Ich seh nichts flattern, ich hör niemand schreien.
Ich könnte nicht sagen, wo das Stimmlokal war.
Die Urne, in die sie die Zettel steckten. Die Zettel,
auf denen der große Kreis anzukreuzen war.

Ich erinnere auch diese Zeit noch in Farbe.

Monate später ging ich in die Walleithen,
das Gras wenden, das wir gemäht hatten.
Da erst sah ich Kolonnen von Lastwagen fahren.
Unter den Plachen lachende, winkende Soldaten.
Sie warfen mir Zwieback zu, den ich nicht kannte.
Ich verfütterte ihn als hartes Brot an die Ziegen.

Während ich mich daran erinnere, in Farbe,
kommen mir Vater und Bruder in den Sinn,
wie der eine sich brüsk weggedreht hat,
als der andere feldgrau fortgezogen ist,
lachend, winkend in der Zwiebackkolonne.

Gerauft wurde bis zur Erschöpfung.
Dann war der Anlaß meistens vergessen.

»Den Blöchl haben sie eingesperrt.«
»Na und. Geschieht ihm schon recht.«

Auf den Blöchl, seinen Freund,
den Mühlviertler Bauernpolitiker,
ließ mein Vater nichts kommen.
Und schon gar nicht vom Wagner,
der ein mords Nazi war.

»Sag's noch einmal. Trau dich.«
»Geschieht dem Blöchl ganz recht.«

Da hatte der Wagner schon eine picken.
Dann mein Vater. Dann der Wagner die zweite.
Dann wälzten sie sich auf dem Boden,
zwei Schülerbuben mit grauen Bärten.
Dann hatte ihn mein Vater im Schwitzkasten.
»Sag's schon«, keuchte er, »spuck's aus!«
Aber dem Wagner war das Sagen vergangen.
Da ließ er ihn los, stand mühsam auf
und klopfte sich den Staub von der Hose.

Sein Freund, der Blöchl, überlebte die Haft.
Er zeigte sich nach dem Krieg erkenntlich:
mit elektrischem Licht fürs ganze Dorf.
Meinem Vater wäre es lieber gewesen,
wenn beim Wagner weiterhin
die Petroleumfunzel gebrannt hätte.

Der Briefträger war kaisertreu,
redselig und russenfreundlich.
Er war von weitem zu erkennen
an seinem stolpernden Gang
und weil er den Stock nachschleifen ließ.
Bei uns stärkte er sich mit einer Jause
und zwei Stamperln Schnaps.
Den Rucksack behielt er um,
die Tasche stellte er auf die Ofenbank,
den Stock nahm er zwischen die Knie.

»Gleich kommt der Otto, der Otto kommt,
der Otto, ihr werdet es schon sehen,
wie dann der Hitler rennen wird!«

»Sei still, Gusenbauer«, sagte mein Vater.
»Freilich wird's einmal anders, nur dein Otto
wird nie kommen, den kannst du vergessen.
Aber rot und schwarz wird es wieder geben,
und jetzt friß und trink aus und halt die Pappen,
denn es könnt dich wer Falscher hören.«

Er war nicht still, ihn hörte wer Falscher.
Er kam ins Zuchthaus, zwei Jahre vor Schluß,
und mir scheint, das hat der Jirku betrieben,
der bis zum Einmarsch ein Schwarzer war
und dann Ortsgruppenleiter der Nazipartei.

Jirku wurde nach dem Krieg eingesperrt
und kehrte geläutert zurück: als Demokrat.
Kaum war er, nach der ersten Nacht daheim,
vor die Tür getreten, sah er im Frühnebel

eine Gestalt auf sich zukommen, stolpernd,
mit Stock und heiserer Stimme, die sagte:
»Gleich kommt der Otto, der Otto kommt, der Otto.«

Beim Wirt in Graben
soll der Briefträger
mit einem Soldaten auf Heimaturlaub
ins Streiten gekommen sein.
Ein Wort gab das nächste,
und das letzte hatte die Gestapo.

»Ihr seid es, die in Rußland
Weiber und Kinder verstümmeln.
Die Russen sind nicht schlecht,
und wenn sie so etwas machen,
dann haben sie es von euch gelernt.«

Gusenbauer hatte recht,
nur wußte ich es nicht,
und hätte ich es gewußt,
hätte ich es nicht geglaubt.
Und hätte ich es geglaubt,
hätte ich es nicht zugegeben,
und hätte ich es zugegeben,
hätte es mir nicht geholfen:

als dann die Unschlechten anrollten.
Das Scheppern der eisernen Reifen
an ihren Karren, zuerst in der Ferne,
dann nahe und immer näher,
hören noch meine tauben Ohren.

Als Ersatz für die Söhne an der Front,
für die Dirnen beim Arbeitsdienst
wurden uns Kriegsgefangene zugewiesen.
Weil wir sie nicht schlecht behandelten,
glaubten wir, sie wären freiwillig da.

Die Männer mußten beim Piber schlafen,
im Häusl, alle zusammen unter Bewachung,
aber beim Essen saßen sie mit uns am Tisch.
Für sich allein, wie es Vorschrift war,
das hätte mein Vater nicht ertragen.

Der erste war der Moritz, ein Belgier,
Inhaber einer Margarinefabrik.
Er war schon älter, kam schnell ins Schwitzen
und aß am liebsten wurmstichiges Obst.
Die Pfarrer von Leonhard und Weitersfelden
kamen im Einspänner angefahren,
um ihr Französisch aufzufrischen.
Im Winter wußte mein Vater oft nicht,
was er ihm zur Arbeit schaffen sollte.
Beim Roßzeugschmieren schlief er gern ein.

Der zweite hieß Stefan und stammte aus Nantes.
Er hatte ein kleines Kind, ein Foto dabei,
das er manchmal hervorholte,
redete aber selten von seiner Frau.
Die Arbeit ging ihm flott von der Hand.
Mein Vater brachte ihm das Besenbinden bei.
»Wennst heut noch ein Dutzend schaffst,
kriegst von mir ein Faßl Bier«, sagte er.
Am Abend ging der Stefan mit schiefem Kopf,
auf der Schulter das Faß, hinüber ins Häusl.

Der Aufseher dort, ein alter Steinmetz,
wurde mit fettem Speck bestochen.

Die dritte war die Valja, der man nichts schaffen mußte.
Sie war schwere Arbeit gewohnt. Sie lachte selten.
Wir trauten ihr nicht über den Weg: sie hatte,
als Russin, hinreichend Grund, uns böse zu sein.
Gegen Kriegsende schickte mich der Stefan
mit ihr in den Wald. Sie sollte nicht sehen,
wie er mit meinem Vater Zucker, Fett und Mehl
in Fässern abfüllte und in der Wagenhütte vergrub.

Dann gab es auch noch den Kurt aus Berlin,
der uns nach dem Franzosen der liebste war.
Eingezogen zum Volkssturm, davongelaufen.
Er war siebzehn und hatte grellblondes Haar,
Wimmerln im Gesicht und einen Riesenhunger.
Wir machten ihm eine Eierspeis aus zehn Eiern.
Als mein Vater einmal rief: »Kurt, zur Jausen«,
kam er nackt bis auf die Unterhose angelaufen.
»Wo«, fragte er. Er hatte verstanden, entlausen!

Der Moritz wurde bald nach Hause geschickt.

Dem Stefan mußten wir wie einem kranken Roß zureden,
bis er sich endlich auf den Weg nach Frankreich machte.
Den Zettel mit seiner Adresse verbrannten die Russen.

Die Valja nahm sich, was sie finden konnte,
noch bevor ihre Landsleute da waren, die Eroberer.
Ich fürchte, es ist ihr zu Hause schlecht ergangen.

Der Kurt kehrte nicht nach Berlin zurück.

Er heiratete eine Kriegerwitwe mit Kind,
wurde Arbeiter in einer Schraubenfabrik
und baute sich ein Haus an der Donau.
Nach Jahren hab ich ihn einmal besucht.
Er saß in einem Rollstuhl und weinte.

HERZ ist gut.
Grün ist auch nicht schlecht.
Ein Grün-Zehner ist ein Brief.
Schellen ist mehr eine Geldangelegenheit.
Aber Eichel bedeutet Verdruß.
Eichel-As ist ein Todesfall.

Sie war eine ältere Frau, etwas korpulent. In Wels hatte sie eine Spedition betrieben, in Attened das Doppelbauerhaus gekauft. Dort wohnte sie mit zwei scheckigen Hunden und einer dreibeinigen Katze. Zweimal die Woche kam sie einkaufen, trank danach ein Viertel Wein, las die Zeitung und legte Karten. Wenn Zeit war, hab ich ihr zugeschaut. Dann habe ich es selber probiert.

Dir steht eine große Freude durch einen guten Herrn.
Dir steht eine schöne Reise mit einer blonden Frau.
Dir steht ein Verdruß, aber er geht sich gut aus.
Dir steht eine Krankheit, aber sie betrifft dich nur am Rand.
Dir steht ein Todesfall. (Das sagte ich nie.)

Als erster lief ich der Wagnerin über den Weg: »Geh Mitzi, schlag mir die Karten auf! Der Stefan, mir hat geträumt, er ist gefallen.« Aber der Stefan stand ganz nah bei ihr. Und hinter ihm stand der Grüne, die Reise. »Reg dich nicht auf, Wagnerin. Er ist eh schon da.« Sie schaute mich ungläubig an. Am übernächsten Tag sah ich den Stefan auf der Straße daherkommen, müde, verschwitzt und unversehrt. Der Urlaubsschein steckte im Tornister. Seine Mutter hatte nichts Besseres zu tun, als die Neuigkeit herumzuerzählen. Nicht, daß sich die Karten um zwei Tage geirrt hatten. Auch nicht, daß der Stefan gesund heimgekommen war. Sondern daß ich sein Kommen vorausgesehen hatte. Nicht vorausgesehen: bewirkt!
Die nächsten waren die Rainbauern, die standen sich mit mei-

nem Vater gut, da konnte ich schwer neinsagen. Der übernächste der Himmelbauer, der weit drinnen in der Einschicht hauste. Es wäre nicht recht gewesen, hätte er den weiten Weg umsonst gemacht. Dem stand das Eichel-As. Ich redete mich heraus. Sein einziger Sohn, der Hans, fiel kurz darauf.

So ging es dahin. Ich traute mich bald nicht mehr unter die Leute. In Leonhard ließen sie mir schon über meinen Vater ausrichten: wann sie denn kommen dürften, zum Karten aufschlagen. Da wurde mir angst und bang, vor ihnen und vor mir selber. »Schluß jetzt«, sagte ich, und es war Schluß.

Hin und wieder machte ich eine Ausnahme. Für die Minerl zum Beispiel und ihren Mann. Für den Edi und meine Schwägerin. Heimlich auch für den Hansl. Aber er ist meistens aus den Karten getreten.

Ihn hatte ich von allen am liebsten.
Lieber als die andern Geschwister.
Lieber als die Tante Anna.
Lieber auch als die Eltern.

Es tat mir weh, als mir die Minerl
nachher einmal einen Brief vorlas,
den er ihr aus Rußland geschrieben hatte:
»Mir geht es hier gleich besser als daheim.«

Der Vater wies uns beiden
immer die schwerste Arbeit zu.
Das Holzführen im Februar,
bei schwerem, nassem Schnee,
in den das Gespann bis zum Bauch einsank,
so daß wir uns mit ins Geschirr legen mußten.
Eine Schinderei von früh bis spät,
weil wir gegen seinen Willen
die Nacht durchgetanzt hatten,
ein einziges Mal und nie wieder.

Es war der Vater, der ihm angeschafft hatte,
im Verschlag neben dem Roßstall zu schlafen,
für den Fall, daß die Rösser ledig werden.
Im Winter sprossen Frostblüten aus der Mauer.
Es war die Mutter, die dazu schwieg.
Natürlich hätte er neinsagen können
Aber er sollte einmal den Hof übernehmen,
und das erste Gebot für künftige Bauern hieß:
steinhart sein gegen sich selber.

Er war immer so heikel am Kopf.
Er zuckte zurück, wenn ich ihn
zärtlich am Haarschopf packte.

»Hansl, sei ehrlich, hast wen getötet im Krieg.«

Ich war sicher, daß er mich nicht belog,
als er sagte: »Wissentlich nur einmal.«
Ein Bombentrichter, in den er rutschte,
in dem einer lag mit aufgerissener Brust.
Mein Bruder, wie er sein Hemd in Streifen riß,
für einen Notverband. Wie er sich bückte,
wie der andere plötzlich das Messer zog.

»Ich war schneller. Das reut mich.«

Bei seinem letzten Heimaturlaub,
als ich ihn ein Stück weit begleitete,
blieb er auf der Anhöhe stehen,
um einen Blick auf das Dorf zu werfen,
»den ganz allerletzten«, wie er sagte.
Er fuhr sich mit der Hand über die Augen.
Ich war in Versuchung, ihn wie dazumal
am heiklen Haarschopf zu packen.

Dann kam noch ein Brief an die Mutter,
zwei Monate nach dem Muttertag.
»Liebste Mutter! Heute an Deinem Ehrentage…«
Bald darauf die Verständigung, beigelegt
ein verbogenes eisernes Kreuz am Band,
dunkelgefleckt von seinem oder anderem Blut.
Der Vater versteckte es auf dem Dachboden

im hintersten Winkel, wo es die Russen dann fanden.
Ihm war die Nachricht zu Herzen gegangen.
Aber meine Mutter hatte trockene Augen.

Das Bild, das neben der Küchenuhr hängt.
Sie haben es meiner Tante Anna geschenkt.
Sie hat es rahmen lassen.
Sie hat es mir hinterlassen.

»Zur Erinnerung an die Dienstgeber
Ihrer braven Tochter Anna.
Dr. Adolf Brok u. Frau«

Es half ihm nichts, daß er mit einer Christin
verheiratet war.
Es half ihr nichts, daß sie eine war.
Sie läuteten nicht, sie schlugen gleich gegen die Tür.
Zwei Monate später war er tot.
Theresienstadt, 25. November 1942, fünf Uhr früh,
Apoplexia.
So steht es geschrieben.
Was dann geschah, steht nirgendwo.

Er im Zweireiher, mit Uhrkette und Krawatte,
sie im dunklen Kostüm mit Ausstellkragen.
Sein weißer Schnurrbart, sein schütteres Haar.
Ihr rundes Gesicht, ihr krauses Haar.
Er schaut ernst. Sie lächelt verschmitzt.

Nie ein lautes Wort, hat meine Tante gesagt.
Nie ein stiller Verdruß.

Sie war wütend, als sie erfuhr:
Ab sofort kein arisches Dienstmädchen mehr
in einem jüdischen Haushalt!

Es war ihr letzter Posten bei einer Herrschaft.
Gleich darauf lernte sie ihren Mann kennen
und half ihm in seinem Malerbetrieb.

Meine Tante besuchte sie einmal die Woche,
zuerst die zwei, dann die Frau,
bis er es ihr verbot, ein für allemal.

Ich weiß nicht mehr, wie sie davon erfuhr.
Vielleicht ist sie heimlich doch hingegangen.

Die Frau nahm Gift.

Es war ein jüdischer Militärarzt,
der ihm im Lazarett das Leben gerettet hat.
Sagte mein Vater, und ich glaube,
so ist es gewesen.

Es war ein jüdischer Holzhändler,
der ihn in der schlechten Zeit fast ruiniert hat.
Sagte mein Vater, und ich glaube,
die Sache war komplizierter.

Es war ein jüdischer Offizier,
der den Soldaten das Plündern verboten hat.
Sagte mein Vater, und ich glaube,
ich kann es bezeugen.

Bei uns im Dorf gab es keine Juden.
Hätte es welche gegeben und dann keine mehr,
müßten wir uns ins Grab hinein noch schämen.

NATÜRLICH wußten es alle. Auch ich,
die lange geleugnet hat, es zu wissen.

Der Wizany Lois kam manchmal
zu meinem Vater und erzählte ihm,
was er in Gusen wieder gesehen hatte.
Ich hörte nur Fetzen ihres Gesprächs,
denn sie unterhielten sich halblaut
und hinter verschlossener Kellertür.

»Vetter, sie … Sogar … Noch die Kinder!«

Die nächsten paar Sätze unverständlich.
Langes Schweigen. Die rauhe Stimme
meines Vaters: »Dann gnade uns Gott.«

Im letzten Kriegswinter ging eine Meldung
beim Gendarmerieposten ein:
Wachsamkeit ein Gebot der Stunde.
Höchste Alarmstufe. In Mauthausen
fünfhundert Sträflinge ausgebrochen.

Sträflinge! Keiner von ihnen schaffte es
bis in unsere gnadenvoll entlegene Gegend.
Aber die Minerl in Katsdorf sah blutige Fährten.
Sie sah die steifgefrorenen russischen Leiber,
aufgeschlichtet neben dem Ortsschild.

Gesetzt den Fall, einer wäre durchgekommen
und plötzlich vor uns gestanden, im Holz,
oder erschöpft neben dem Koben gelegen:

Hätten wir ihn versteckt, sei ehrlich Mitzi.
Eine Nacht, vier Nächte gewiß, aber fünf Monate?

Nachher hätte ich viel darum gegeben,
es wär so gekommen. Nur nicht mein Leben.

Er wurde erschossen, nicht geköpft,
immerhin war er ein Funktionär.
Nachher taten alle erleichtert.
»Er hat sich an unserer Jugend vergangen.«

Aber der Hansl hatte nie was bemerkt.
Dabei hat er ihn oft, wenn es spät wurde,
nach Hause gebracht. Er und der Hirsch
zu zweit auf dem Kutschbock im Finstern.
»Anlassig, zudringlich? Nicht die Spur!«

Zwar, der Edi behauptet, der Hirsch
habe ihn einmal rund um den Tisch gejagt.
Aber der Edi hat vieles behauptet, nur
damit er die Lacher auf seiner Seite hat.

Der Hirsch war Förster bei der Herrschaft Kinsky.
Als der Jirku zur Wehrmacht eingezogen wurde,
ernannte man ihn zum Ortsgruppenleiter.
Er mußte den Volkssturm organisieren:
fünf Invalide und ein Schüppel Kinder.
Gewissenhaft war er. Sonst kann ich nur sagen:
Ich weiß von keinem, den er angezeigt hätte.

Ein paar Rotzbuben, das hat mich geärgert,
haben sich oft an ihn gedrückt, ohne Genierer,
damit er ihnen eine Halbe Most oder Bier zahlt.
Dieselben, die dann sagten: »Ein Warmer,
höchste Zeit, daß sie ihn heimgedreht haben«,
und ich hätte sie am liebsten erschlagen.

An einem Sonntag ist er noch einmal gekommen. Meinem Vater hat er gesagt, wo sein Testament ist, in der Tischlade ganz hinten, und die Geldtasche, wegen dem Eingraben und weil er aufschreiben ließ. Sein Kollege, der Effert, mußte ihn festnehmen und ans Gericht in Linz überstellen. Er legte ihm entgegen der Vorschrift keine Handschellen an.

Später las ich in einem Buch, er habe die Jungen auf den Endkampf getrimmt. »Ehe es dem Feind in die Hände fällt, brennen wir Leonhard nieder.« Ich bin dagegen. Die Wahrheit liegt nie in der Mitte.

Für mich begann der Krieg,
als er dem Ende zuging.
Das erklärt mein Verkennen
von Ursache und Wirkung.

Seine Vorboten waren die Flüchtlinge,
denen wir eine Einbrennsuppe,
eine Schale Milch, zwei Stunden Rast
bieten konnten, mehr nicht.

Korn, das sich von selbst vermehrte.
Gut, wir streckten den Teig
mit geriebenen Erdäpfeln,
und der Backofen kühlte nie aus.

Dazwischen, danach die Deserteure.
Drei hatten wir in der Wagenhütte versteckt.
Der eine ist nicht lange geblieben,
der zweite war ein Advokat aus Wien,
der dritte Weinhändler in Hollabrunn.

Vom vierten wußte ich damals nichts.
Er lag beim Buchmayr im Stadel.
Das Motorrad, mit dem er dem Krieg
davongefahren war, viel zu spät,
hatte er mit Zweigen abgedeckt.
Noch war kein Gedanke daran,
daß ich ihn einmal heiraten würde.

Dazwischen, danach eine Einheit der ss.
Während sie Haus und Hof durchkämmte,
lief ich heimlich zur Wagenhütte hinauf,

rüttelte Advokat und Weinhändler wach
und scheuchte sie in ein neues Versteck.

Dazwischen, danach die heldischen Sieger,
an denen uns am meisten erschreckte,
daß sie sich nicht wie Helden benahmen.

Wegrennen, hinten hinaus, während sie vorn schon die schwere Haustür einschlugen. Zum Gattringer in den Graben, wo sie nie hinkamen. Oder mit den Rössern weit hinunter ins Waschenegg. Das Herz schlug mir bis zum Hals, hinter jedem Baum sah ich einen von ihnen sich ducken, und vor allem machte ich mir Sorgen um die Mutter.

Einmal hatten sie uns überrumpelt. Für die Rösser war es zu spät. Sie suchten sich das Größere aus, den Bubi, der außer mir keinen an sich heranließ, nicht einmal meinen Vater. Er stieg gleich hoch und warf einen von ihnen mit dem Vorderlauf ins Stroh. Daraufhin wollten sie das andere haben, aber die Mutter schrie so laut und lang, bis ihr Anführer abwinkte.

Einmal trennten sie uns: die Mutter schlossen sie im Schlafzimmer ein, den Vater und mich trieben sie in die Küche. Bevor sie mir das Nachthemd herunterreißen konnten, wischte er die Petroleumlampe vom Tisch, und ich rannte im Finstern zur Tür hinaus. Die Russen hinter mir her, aber sie verloren viel Zeit, weil sie den Riegel am hinteren Hoftor nicht aufbrachten. Ich hörte Schüsse und wußte nicht, gelten sie mir oder haben sie den Vater getötet.

Einmal saßen wir mit ein paar Heimkehrern in der Stube, da sprangen sie plötzlich beim offenen Fenster herein. Die Männer nahmen sie alle mit.

Einmal waren wir gerade beim Dreschen. Wir hatten das Scheppern der Räder überhört.

Einmal kam der Stelzmüllner Hans gelaufen und sagte: »Beim Kreuzstöckl liegt eine Flüchtlingsfrau, Läuse von oben bis unten, drei Russen gehen über sie her.«

Einmal hatte ich nicht aufgepaßt. Zum Ausweichen oder Wegrennen war es zu spät. Ich ging geradeaus weiter. Bevor sich unsere Wege kreuzten, grüßte ich. Sie grüßten nicht zurück, aber sie taten mir nichts.

Einmal fanden sie am Dachboden, in der Staublade ganz hinten, vom Hansl das Eiserne Kreuz und die Brieftasche mit russischem Geld. Sie setzten meiner Mutter eine Pistole an, so fest, daß sich der Lauf ins Fleisch bohrte. Am nächsten Tag begann die Wunde zu schwären. Sie wäre daran gestorben, hätte sich unter den Flüchtlingen, die eine Woche später bei uns Rast machten, nicht ein Arzt befunden. Er schnitt ihr mit einem kleinen Messer das Geschwür auf, ohne Betäubung, ich mußte sie halten, und der Vater lief um Schnaps, als sie das Bewußtsein verlor.

Einmal kam einer allein, setzte sich auf die Hausbank, nahm die Kappe ab, streckte die Beine aus, blinzelte in die Sonne und sagte: »Ach, jetzt sind wir im schönen Österreich.«

Einmal trieben sie uns um Mitternacht das Vieh aus dem Stall.

Einmal tranken sie eine Kiste rohe Eier aus. Das Eiklar tropfte ihnen in langen Fäden vom Kinn.

Einmal rissen sie alle Tuchenten auf, schüttelten die Federn heraus und nahmen das rote Inlett mit, zum Fahnenmachen.

Einmal wurde ein ganzer Trupp bei uns einquartiert. Meine Mutter deutete mir, heimlich wegzurennen. »Warum willst du, daß sie geht«, sagte der Sergeant, der bald besser deutsch sprach als wir. »Wo ich bin, passiert nichts.« Es ist wirklich nichts passiert.

Von drei Russen verprügelt,
gebindert, wie wir sagten,
als er auf sie zuging, freudig
mit weit ausgestreckten Armen.

»Hast vom Kommunismus genug«,
fragte die junge Schallerin,
während seine Frau, die Dietl,
ihm den zerschundenen Schädel verband.

»Dann hätt ich wohl vom Leben genug«,
sagte der Wegmacher Siegl,
der ein Häusl hatte und zwei Kühe,
die seine Befreier wegtrieben.

DAS Jüngste Gericht stellte ich mir
wie das große karierte Kassenbuch
unter unserem Ladentisch vor.
Die roten Zahlen in der rechten Spalte
bedeuteten Verfehlung und Versäumnis.

Der Einser stand für Starrsinn,
der Zweier für Ungeduld,
der Dreier für grobe Worte ...
Eine Menge läßliche Sünden,
die sich im Lauf der Jahre
zu schweren summierten.

Mit einem Federstrich wurden sie getilgt,
und obwohl er gleich wieder anfing,
1, 2 und 3 anzuhäufen, schwante mir,
mein Vater hat sich den Himmel verdient:

als die junge Frau ihn anflehte,
sie gegen den Strom der Flüchtlinge
nach Liebenau zu fahren. Dort hatte sie
tags zuvor ihr Kind zurücklassen müssen,
hastig verscharrt unter Schotter und Erde.
Sie wollte die Stelle einmal noch sehen.

Als er ihr Flehen erhörte,
das müde Roß einspannte
und die Frau auf den Wagen hob,
die sich an die Hinterlassenschaft klammerte:
einen verwaschenen Strampelanzug
und ein gelbes gesticktes Häubchen.

Damit endet diese Welt,
ende ich in ihr:
mit einem jungen Mann, schmal und schlank
und mit einem tiefen Grübchen am Kinn.
Ich hielt ihn für den Bäckerbuben aus Weitersfelden,
den, der plötzlich verschwand,
als er hätte einrücken müssen.
Er soll in die Schweiz geflüchtet sein.
Man hat nie wieder was von ihm gehört.
Aber der da war nicht der Bäckerbub,
er war das ledige Kind der Wetti,
der Frau, die den Buchmayr heiratete,
nachdem die Buchmayrin gestorben war
und der Witwer dastand mit sechs kleinen Kindern.

Einmal nahm ihn sein Stiefvater mit zu uns ins Wirtshaus.
»Ich will telefonieren.«
Das war das erste, was ich von ihm hörte.
Kein Grüßen, kein Bitten.
Der ist aber frech, dachte ich. Gegen meinen Willen
hat er mir imponiert.

Ich weiß, was Liebe ist,
aber ich konnte sie nie benennen,
auch nicht für mich.

Gernhaben und Mögen, andere Wörter hatten wir nicht.

Ich habe mir nie große Gedanken gemacht.
Es wird schon der Richtige kommen, dachte ich.
Es gab etliche, denen ich recht gewesen wäre.
Einen, der mir das Stenographieren beibrachte und noch etwas,
das ich lieber für mich behalte.

Einen andern, der mich im Vorbeigehen
geschwind an den Zöpfen zupfte.
Drei oder vier, die mir sehnsuchtsvolle Briefe schrieben,
von der Front, aus dem Graben.
Ich wollte nicht, aber mein Vater bestand darauf, allen
zu antworten.
»Du weißt nicht, was ein paar Zeilen von daheim für
sie bedeuten,
wenn überall nur Blut ist und Dreck.«
Einer, den ich vielleicht auch gernhaben hätte können, fiel.

Der von der Wetti war der Richtige. Aber es brauchte
seine Zeit.
Als es soweit war, fiel der Abschied nicht schwer:
von dieser Welt, in der ich aufgehoben gewesen war
die ersten fünfundzwanzig Jahre meines Lebens,
die einzigen, die mir gegenwärtig blieben bis zuletzt
in Träumen
auf Erden.

Das war lange danach.
Wie lange, ist mir entfallen.

Er hatte den Vorderreifen geflickt,
dann eine Halbe Most bestellt,
der ihm zu sauer war.
Am Revers seiner Jacke
unter dem Gummimantel
klebten Tabakkrümel.
Er setzte sich zu den Bauern.
Man merkte ihm an,
daß er gewohnt war,
vor Fremden zu reden.
Hier war er nicht fremd.
Statt zu erzählen, woher, wohin,
fing er an, Fragen zu stellen:
wieviel Joch Grund,
wieviel Stück Vieh,
wieviel Liter Milch,
wieviel Klafter Holz.
Als sie geantwortet hatten,
nannte er eine Zahl.

Ein paar lachten ihn aus,
die andern machten grimmige Gesichter.
Der Rest hörte nicht hin.

»Drei«, sagte er noch einmal und spreizte,
wie wenn sie taub oder blöd wären,
Daumen, Zeigefinger und Mittelfinger.
»Mehr bleiben nicht über.«

Als er aufbrach, erwiderten sie ungern seinen Gruß.
Einige drehten die Köpfe zum Fenster.
Sie beobachteten, wie er draußen
das Motorrad aufrichtete
und zwischen den Pfützen
hinüber zur Straße schob.
In der Stube war es so still,
daß man die Steine knirschen hörte.

Ich weiß nicht, ob ihnen
die drei Finger in den Sinn kamen,
als sie der Reihe nach aufhörten,
Bauern zu sein. Der Werksbus,
der sie sechzig Kilometer weit
Kurve um Kurve zur Frühschicht brachte,
hielt Punkt drei Uhr dreißig
vor dem Feuerwehrhaus.
Ihre Ställe wurden zu groß
für zwei Säue und eine Geiß.
Unser Wirtshaus sperrte zu.
Das Anwesen verfiel.

Von einem weiß ich,
er hatte gelacht.
Sein jüngster Sohn schrieb mir,
alt geworden, einen langen Brief.
Den letzten, der mich von dort erreichte,
den allerletzten, den ich mit Interesse las.
Er benannte mir die Firling
Hof für Hof, Häusl für Häusl.
Wer einmal und wer jetzt dort hauste.
Wie viele noch Bauern waren:
jeder achte, macht in Summe drei.

Das war lange davor.
Wie lange, hab ich vergessen.

Der Mann war nicht allein weggefahren.
Auf dem Sozius hatte er mich mitgenommen.
Eingeklemmt zwischen Rücken und Schoß,
im leinenen Rucksack aufrecht stehend,
unser fröhliches kleines Kind.

NACHBEMERKUNG

Soweit ich zurückdenken kann, hat meine Mutter von der Welt ihrer Kindheit und Jugend erzählt. Diese Welt lag im Unteren Mühlviertel, einem entlegenen Hügelland nördlich der Donau, nahe der tschechischen Grenze, und umfaßte nicht nur ihre eigene Lebenszeit, sondern auch Ereignisse aus den Jahren vor ihrer Geburt, die den Dorfbewohnern gegenwärtig geblieben waren. Aus eigener Anschauung kenne ich nur noch Reste dieser Welt – das zu einer Streusiedlung wuchtiger Kleinfamilienhäuser sich wandelnde Dorf und einige Nachkommen derer, die es vor einem Menschenalter bevölkert haben. Es ist nicht mehr abgeschieden, und seine jetzigen Bewohner verfügen über allerlei Annehmlichkeiten; auch über die Gewißheit oder Illusion, sich im Gleichschritt mit der zusammengestückelten großen Welt zu bewegen. Es wirkt öde und grau, verglichen mit den farbigen Bildern, die durch die Erzählungen meiner Mutter von den Menschen und ihren Verrichtungen in mir entstanden sind. Ich bin nun, nach ihrem Tod, darangegangen, mich der früheren Welt zu versichern, sie mit ihrem Blick und in ihren Worten wahrzunehmen, und deshalb gehört dieses Buch meiner Mutter.

Tatsächlich gehört es aber auch meinem Vater, denn die längste Zeit hat er sie zum Erzählen gebracht und im Erzählen begleitet. In meiner Erinnerung, die nicht frei von Wehmut ist, verständigen sich die beiden oft, ständig eigentlich, über die Zeit und die Gegend, in denen sie geboren und aufgewachsen sind. Das Erzählen meines Vaters war vermittelnder als das ihre, es bezog uns Kinder mit ein, nahm Rücksicht auf unseren Wissensstand, sparte nicht an Pointen, kehrte die heiteren und die komischen Aspekte hervor. Es war ein erklärendes, auch aufklärendes Erzählen, während das meiner Mutter unmittelbar, deutungslos, offen, nicht auf ein Ende oder eine Lehre hin gerichtet war. Unlängst fand ich ein Blatt Papier, auf dem mein Vater – der zwanzig Jahre vor ihr gestorben ist – unter der Überschrift »Gedanken in der Intensivstation, 13.3.1982« (zwei Tage nach einer schweren Herzoperation) aufgezählt hatte, was er so gern noch erleben wollte. Tätigkeiten verrichten, Wege gehen, Menschen begleiten, wie in seiner Kindheit. »Einmal noch möchte ich ein Kind sein wie vor 56 Jahren.« Eine solche Sehnsucht war meiner Mutter unbekannt, auch wenn sie bis zuletzt nicht loskam von dieser Welt, erzählend und in Träumen, die sie ebenfalls erzählte. Sie verdammte ihre ersten fünfundzwanzig Lebensjahre nicht, aber die Erinnerung an sie war ihr kein Trost. Die Erfüllung suchte sie in der Gegenwart, die ihr die längste Zeit knapp zu werden drohte. Sie war bemüht, nicht aufzufallen, sich den üblichen Konventionen zu fügen. Aber sobald sie erzählte, waren Vorurteile, die sie weiterhin plagten, schlagartig verschwunden. Auch deshalb gehört dieses Buch meiner Mutter.

Den Titel habe ich mir von Bettina von Arnim ausgeborgt. *Dies Buch gehört dem König* handelte von geistigen und materiellen Mißständen. Davon ist auch hier die Rede, aber nicht ausschließlich und vielleicht nicht einmal zum überwiegenden Teil. Ich wollte auch zeigen, wie es Menschen trotz Armut und Mühsal gelingt, sich über die fremdbestimmten wie selbstverschuldeten Verhältnisse zu erheben, für einen Moment oder länger. Mit List und Humor, oder aus Mitleid, auch mit sich selber. Ich halte mich dabei an die Geschichten meiner Mutter, nehme mir aber die Freiheit, ihr Einsichten zu gestatten, die sie nicht auszudrücken vermochte oder zu denen sie nie gelangt ist. Die Freiheit, ihr mein Gewissen anzudichten. Ich glaube nicht, daß sie oder mein Vater dagegen Einspruch erheben würde. Ich habe dieses Buch, wenn man so will, mit ihr und nicht gegen sie geschrieben. Mir ist dabei manches in ihrem, in meinem und im Dasein anderer klarer geworden. Auch deshalb gehört es ihr. Aber lesen mögen es andere.

GLOSSAR FÜR BEGRIFF-STUTZIGE

abhausen	pleite gehen
Beistand	Trauzeuge
Blunzn	Blutwurst; hier: dumme Frau
Butte	Rückentrage
dasig	benommen
Dirn	Magd
Einlegerin	Gemeindearme oder ausgediente Magd, die von Bauern der Reihe nach in Kost und Quartier genommen wurde
Einschicht	abgelegene Gegend
Fluder	Gerinne aus Holz
Fotzen	Ohrfeige
gallig	fett
heimdrehen	abmurksen
Hutsche	Schaukel
Joch	Flächenmaß; 1 Hektar = 1,74 Joch
Kooperator	Kaplan, Vikar
Krampe	Spitzhacke
Krampus	Schreckgestalt mit Teufelsfratze, die den Nikolaus begleitet und unartige Kinder bestraft
Kruckenkreuz	Kreuz mit Querbalken an allen vier Enden; Symbol des austrofaschistischen Ständestaates (1933–1938) und seiner Einheitspartei, der Vaterländischen Front
ledig werden	sich losreißen
lumpen	zechen
Mutterkorn	giftiger Getreidepilz

Nikolaus	gütige Gestalt mit Bart und Bischofsmütze, die am Abend des 6. Dezember artige Kinder beschenkt
Otto	Otto von Habsburg-Lothringen (1912–2011); Sohn Karls I., des letzten Kaisers der Donaumonarchie
Pappen	Maul
picken	kleben
Plache	Plane
Provisor	für die Seelsorge während einer Pfarrvakanz verantwortlicher Priester
Schüppel	kleine Schar
Speige	Spalte, Schnitz
einen Stern reißen	stürzen
Stock	hier: Stumpf
Stör	Arbeit von Wanderhandwerkern im Haus ihrer Kunden
Streuboden	Schüttboden; Speicher, auf dem Getreide oder Stroh lagert
stritten	wühlen; hier: schieben, stopfen
Wenderin	Natur- oder Geistheilerin
Wimmerl	Pickel, Pustel

Bitte beachten Sie
auch die folgenden Seiten

Erich Hackl im Diogenes Verlag

Auroras Anlaß

Erzählung

»Eines Tages sah sich Aurora Rodríguez veranlaßt, ihre Tochter zu töten.« So beginnt die außergewöhnliche Geschichte der Aurora Rodríguez, die auf der Suche nach Selbstverwirklichung an die Schranken gesellschaftlicher Konventionen stößt und ihre Träume von einer besseren Welt von einer anderen, fähigeren Person realisiert sehen möchte: einer Frau, ihrer Tochter Hildegart.

»Hackl erfindet seinen Stoff nicht, er findet ihn im vermischten Teil der Zeitungen. Und wie einem Chronisten gelingt es ihm, die Ereignisse der Vergangenheit wiederzubeleben.«
Deutsches Allgemeines Sonntagsblatt, Hamburg

»Ein großartiges Debüt.« *Le Monde, Paris*

Ausgezeichnet mit dem Aspekte-Literaturpreis 1987.

Abschied von Sidonie

Erzählung

Am achtzehnten August 1933 entdeckte der Pförtner des Krankenhauses von Steyr ein schlafendes Kind. Neben dem Säugling, der in Lumpen gewickelt war, lag ein Stück Papier, auf dem mit ungelenker Schrift geschrieben stand: »Ich heiße Sidonie Adlersburg und bin geboren auf der Straße nach Altheim. Bitte um Eltern.«

»Erich Hackl erzählt den authentischen Fall unprätentiös schlicht, wie eine Kalendergeschichte – und erzeugt heilsame Wut gegen Denunziantentum.«
Stern, Hamburg

»Diese Geschichte ist einmalig, so wie jedes Individuum einmalig ist.« *Neue Zürcher Zeitung*

»*Abschied von Sidonie* ist ein außergewöhnliches Stück literarisch aufbereiteter Zeitgeschichte.«
Profil, Wien

Abschied von Sidonie

Materialien zu einem Buch und seiner Geschichte

Herausgegeben von Ursula Baumhauer

Nur wenige Bücher haben eine so fesselnde Entstehungs- und Wirkungsgeschichte wie Erich Hackls Erzählung *Abschied von Sidonie.* Aufgrund des großen Interesses zumal von jungen Lesern – die Erzählung ist dabei, ein Schulklassiker zu werden – enthält der Band Vorstufen der Erzählung sowie das Drehbuch *Sidonie,* außerdem Fotos, Dokumente und Gesprächsprotokolle mit Angehörigen des Mädchens, das 1943 – kaum zehn Jahre alt – verschleppt und in Auschwitz-Birkenau ermordet worden ist. Dazu Essays über das gesellschaftliche wie ästhetische Umfeld, also über die Verfolgung der Sinti und Roma, über die Bemühungen um ein Denkmal für Sidonie Adlersburg, über eingreifendes Schreiben, über das Verhältnis von Dokument und Fiktion sowie über die Aufnahme der Erzählung vor Ort und anderswo. Ein grundlegendes Arbeitsmittel, nicht nur für Lehrer und Schüler.

König Wamba

Ein Märchen. Mit Zeichnungen von Paul Flora

Das Märchen vom König Wamba führt von der Kälte des Alltags in die trügerische Wärme des Vergessens. Erich Hackl erzählt von wallenden Bärten und nackten Wangen, von List und Gewalt, von Nah und Fern. Seine »Poesie mit Gesinnung« (Wiener Zeitung) zeigt sich auch in der Geschichte um den Westgotenkönig

Wamba, die so endet wie jedes wahre Märchen: versöhnlich bis auf Widerruf.

»Ein Märchen, fein und witzig geschrieben, köstlich illustriert von Paul Flora.« *Basta, Wien*

Sara und Simón

Eine endlose Geschichte

Sara Méndez flieht 1973 aus Uruguay und wird kurz nach der Geburt ihres Kindes vom Geheimdienst verschleppt. Ihren Sohn Simón muß sie zurücklassen – einen von Tausenden ›Verschwundenen‹. Erst Mitte der achtziger Jahre stößt sie auf die Spur eines ausgesetzten Jungen, bei dem es sich wahrscheinlich um Simón handelt. Ihrem Verlangen, Gewißheit zu bekommen, widersetzen sich alle anderen betroffenen Parteien: die Justiz, die Adoptiveltern des Jungen und der Junge selbst. Hackl erzählt diesen genau recherchierten Fall in einer klaren, poetischen Sprache, und er ergänzt die ›endlose Geschichte‹ um ihr unerwartetes und glückliches Ende.

»Drei Jahre hat Hackl für *Sara und Simón* vor Ort recherchiert, und das Ergebnis ist frei von Verkünderpathos. Ein schlichter, berührender Tatsachenbericht mit dem durch nichts zu übertreffenden Vorzug der Wahrheit.« *News, Wien*

In fester Umarmung

Geschichten und Berichte

Unbeirrt von Lärm und Hast der Tagesaktualität erzählt Erich Hackl Geschichten von Aufruhr und Widerstand, Wut und Geduld, Würde und Freundschaft. Geschichten über ein Gelage und über die Winde, die dabei entschlüpfen; über Liebesbriefsteller und ihren zweifelhaften Nutzen; über die Entdeckung der Stadt Schleich-di; über die Wiederkehr des Che Guevara;

über Gedichte einer Frau, die immer alles gewußt hat, und über Gedichte einer Frau, die sich nie überschätzt hat; immer wieder über Menschen, denen der Autor zugetan ist – ›in fester Umarmung‹.

»Knapper, präziser und schöner lassen sich individuelles Leid und gesellschaftliche Not, Mensch und Welt, nicht in Sätzen vereinen.«
Thomas Rothschild / Freitag, Berlin

Entwurf einer Liebe auf den ersten Blick

Erzählung

Eine Liebesgeschichte, die am Krankenbett beginnt: Im Januar 1937 wird der österreichische Spanienkämpfer Karl Sequens in ein Krankenhaus der Stadt Valencia eingeliefert. Als Herminia Roudière Perpiñá ihn dort kennenlernt, ist es für beide Liebe auf den ersten Blick. Sie heiraten, überstürzt, als wüßten sie, daß ihnen nicht viel Zeit bleibt. Nach einem Jahr kommt ihre Tochter Rosa María zur Welt, kurz vor der Niederlage der spanischen Republik trennen sich ihre Wege. Herminia flieht mit dem Kind nach Frankreich, später nach Wien, zu Karls Schwester, die sie bald darauf nach Bayern evakuieren läßt. Jahrelang ist Herminia ohne Nachricht von ihrem Mann, bis drei Briefe eintreffen: aus Dachau, aus Lublin, aus Auschwitz.

»Ein stiller, bestürzender Tatsachenbericht, große Literatur über kleine Leute.«
Dagmar Kaindl / News, Wien

Die Hochzeit von Auschwitz

Eine Begebenheit

Die Geschichte von zweien, die sich lieben, durch die politischen Ereignisse immer wieder getrennt werden und dann diese Liebe endlich legalisieren dürfen – unter den denkbar widrigsten Umständen: Für einen Tag und eine Nacht darf die Spanierin Marga Ferrer das KZ Auschwitz betreten, um mit dem Häftling Rudi Friemel den Bund fürs Leben einzugehen. Ein bewegendes Buch über Hoffnung und Verzweiflung, über die Niederlagen eines halben Jahrhunderts.

»Erich Hackl hat ein ausgeprägtes Gespür für jene menschlichen Tragödien, die in Geschichtsbüchern keinen Platz finden oder in Statistiken unter irgendwelchen Zahlenkolonnen verschüttet werden.«
Peter Mohr / Kleine Zeitung, Graz

»Mit *Die Hochzeit von Auschwitz* ist Erich Hackl sein literarisch ambitioniertestes Buch gelungen.«
Kristina Pfoser / Österreichischer Rundfunk 1, Wien

Anprobieren eines Vaters

Geschichten und Erwägungen

Geschichten und Erwägungen von beeindruckender Vielfalt, doch mit einer Absicht: in der genauen Darstellung von Gewalt und Unrecht etwas von jenem Glück zu retten, ohne das die Welt nicht zu verändern wäre.

»Ein Erinnerungsprojekt der besonderen Art.«
Sigrid Löffler / Die Presse, Wien

Als ob ein Engel

Erzählung nach dem Leben

Mendoza, eine beschauliche argentinische Provinzstadt am Fuße der Anden. Der 8. April 1977 ist der letzte Tag, den Gisela Tenenbaum, 22, mit Sicherheit noch erlebt hat. Ihr weiteres Schicksal ist ungewiß. Erich Hackl hat nach den Erinnerungen ihrer Eltern, Schwestern und Freunde ihr Leben rekonstruiert – bis hin zu der Zukunft, die sie hätte haben können.

»*Als ob ein Engel* ist Erich Hackls schwierigstes, sein schönstes, vielleicht sein bestes Buch.«
Rose-Maria Gropp / Frankfurter Allgemeine Zeitung

Familie Salzmann

Erzählung aus unserer Mitte

Die Geschichte der Familie Salzmann, die quer durch beide deutsche Staaten, durch Österreich, Frankreich, die Schweiz verläuft, über drei Generationen und ein Jahrhundert. Aber auch eine kollektive Geschichte »aus unserer Mitte«, die uns vor Augen führt, was schützens- und liebenswert ist, gerade dann, wenn die Umstände die Menschen zu überfordern scheinen.

»Erneut gelingt es Hackl, eine private Geschichte in die große Geschichte einzuschreiben, eine Geschichte zu schreiben für die Menschen, über die er schreibt. Wirklich erstklassig.«
Tobias Becker / KulturSpiegel, Hamburg

»Eine brillante Erzählung.« *Passauer Neue Presse*

Dieses Buch gehört meiner Mutter

Erich Hackl gibt einer Frau, die als Bauerntochter im oberösterreichischen Mühlviertel aufgewachsen ist, eine Stimme: seiner Mutter. In einer kunstvoll einfachen Sprache erfährt man von einer vergangenen Welt mit ihren farbigen Bildern und Geschichten. In Hackls Vergegenwärtigung ist sie dabei alles andere als idyllisch, immer aber wird die Würde und Besonderheit eines Menschenlebens bewahrt.

»Erich Hackl beweist auch mit diesem anrührend-klarsichtigen Buch, dass er es – wie kaum einer gegenwärtig – versteht, die Aktualität von Geschichte in Form von Geschichten deutlich zu machen.«
Katja Gasser / ORF 2

Drei tränenlose Geschichten

Die Geschichte des Häftlings und »Lagerfotografen« von Auschwitz, Wilhelm Brasse. – Aufstieg, Enteignung, Flucht und Widerstand der jüdischen Familie Klagsbrunn. – Und die Spurensuche nach der Österreicherin Gisela Tschofenig, die ihre Trauung in Dachau feiern musste.
Drei Geschichten, die sich an Fotografien entzünden und diese doch weit übertreffen, denn sie machen das Abgebildete wieder lebendig.

»Erich Hackl hat uns drei berührende Erzählungen geschenkt.« *Richard Wall / Die Presse, Wien*

»Der Name Erich Hackl ist eine Marke dank wunderbar sensibler Schicksalsprotokolle, einzigartig in der deutschsprachigen Gegenwartsliteratur.«
Tobias Becker / KulturSpiegel, Hamburg

Hartmut Lange im Diogenes Verlag

»Ein erzählerisches Gesamtwerk, das sowohl mit seiner sprachlichen Qualität, mit seinen gedanklichen Perspektiven wie auch mit seiner humanen Behutsamkeit in der deutschen Gegenwartsliteratur seinesgleichen sucht.« *Die Welt, Berlin*

»Die mürbe Eleganz seines Stils sucht in der zeitgenössischen Literatur ihresgleichen.«
Frankfurter Allgemeine Zeitung

Die Waldsteinsonate
Fünf Novellen

Die Selbstverbrennung
Roman

Das Konzert
Novelle
Auch als Diogenes Hörbuch erschienen, gelesen von Charles Brauer

Tagebuch eines Melancholikers
Aufzeichnungen der Monate Dezember 1981 bis November 1982

Die Ermüdung
Novelle

Vom Werden der Vernunft
und andere Stücke fürs Theater

Die Stechpalme
Novelle

Schnitzlers Würgeengel
Vier Novellen

Der Herr im Café
Drei Erzählungen

Eine andere Form des Glücks
Novelle

Irrtum als Erkenntnis
Meine Realitätserfahrung als Schriftsteller

Gesammelte Novellen
in zwei Bänden

Leptis Magna
Zwei Novellen

Der Wanderer
Novelle

Der Therapeut
Drei Novellen

Der Abgrund des Endlichen
Drei Novellen

Im Museum
Unheimliche Begebenheiten

Das Haus in der Dorotheenstraße
Novellen

Der Blick aus dem Fenster
Erzählungen

Urs Widmer im Diogenes Verlag

»Urs Widmer zählt zu den bekanntesten und renommiertesten deutschsprachigen Gegenwartsautoren.«
Michael Bauer / Focus, München

Vom Fenster meines Hauses aus
Prosa

Schweizer Geschichten

Liebesnacht
Eine Erzählung

Die gestohlene Schöpfung
Ein Märchen

Der Kongreß der Paläolepidopterologen
Roman

Das Paradies des Vergessens
Erzählung

Der blaue Siphon
Erzählung

Die sechste Puppe im Bauch der fünften Puppe im Bauch der vierten
und andere Überlegungen zur Literatur. Grazer Vorlesungen 1991

Im Kongo
Roman

Vor uns die Sintflut
Geschichten

Der Geliebte der Mutter
Roman
Auch als Diogenes Hörbuch erschienen, gelesen von Urs Widmer

Das Geld, die Arbeit, die Angst, das Glück.

Das Buch des Vaters
Roman
Auch als Diogenes Hörbuch erschienen, gelesen von Urs Widmer

Ein Leben als Zwerg

Vom Leben, vom Tod und vom Übrigen auch dies und das
Frankfurter Poetikvorlesungen

Herr Adamson
Roman

Stille Post
Kleine Prosa

Gesammelte Erzählungen

Reise an den Rand des Universums
Autobiographie

Außerdem erschienen:

Shakespeares Königsdramen
Nacherzählt und mit einem Vorwort von Urs Widmer. Mit Zeichnungen von Paul Flora

Valentin Lustigs Pilgerreise
Bericht eines Spaziergangs durch 33 seiner Gemälde. Mit Briefen des Malers an den Verfasser

Das Schreiben ist das Ziel, nicht das Buch
Urs Widmer zum 70. Geburtstag. Herausgegeben von Daniel Keel und Winfried Stephan

Die schönsten Geschichten aus Tausendundeiner Nacht
Erzählt von Urs Widmer. Mit vielen Bildern von Tatjana Hauptmann

Connie Palmen im Diogenes Verlag

Connie Palmen, geboren 1955, wuchs im Süden Hollands auf und kam 1978 nach Amsterdam, wo sie Philosophie und Niederländische Literatur studierte. Ihr erster Roman *Die Gesetze* erschien 1991 und wurde gleich ein internationaler Bestseller. Sie erhielt für ihre Werke zahlreiche Auszeichnungen, so wurde sie für den Roman *Die Freundschaft* 1995 mit dem renommierten AKO-Literaturpreis ausgezeichnet. Connie Palmen lebt in Amsterdam.

»Es ist selten, dass jemand mit so viel Ernsthaftigkeit und Witz, Offenheit und Intimität, Einfachheit und Intelligenz zu erzählen versteht.«
Martin Adel/Der Standard, Wien

»Connie Palmen schreibt tiefsinnige Romane, die warmherzig und unterhaltsam sind – trotz messerscharfer Analysen menschlicher Gefühle.«
Elle, München

Die Gesetze
Roman. Aus dem Niederländischen von Barbara Heller
Auch als Diogenes Hörbuch erschienen, gelesen von Christiane Paul

Die Freundschaft
Roman. Deutsch von Hanni Ehlers

I.M.
Ischa Meijer – In Margine, In Memoriam
Deutsch von Hanni Ehlers

Die Erbschaft
Roman. Deutsch von Hanni Ehlers

Ganz der Ihre
Roman. Deutsch von Hanni Ehlers

Idole und ihre Mörder
Deutsch von Hanni Ehlers

Luzifer
Roman. Deutsch von Hanni Ehlers

Logbuch eines unbarmherzigen Jahres
Deutsch von Hanni Ehlers